ジュディ・モードとなかまたち★12

ジュディ★モードは宇宙人《うちゅうじん》？

メーガン・マクドナルド 作

ピーター・レイノルズ 絵　宮坂宏美 訳

小峰書店

JUDY MOODY MOOD MARTIAN
by Megan McDonald
Illustrated by Peter H. Reynolds

Published by arrangement with Walker Books Limited, London SE11 5HJ through Japan UNI Agency, Inc., Tokyo

アン・ストットへ
M.M.

イーサン&ケイト・ローズガード、
メイシー&ウォーカー・スウィーニー、
ビリー・トレスへ
P.H.R.

目《もく》次《じ》

でてくる人たち

この本
ごきげんモードの
ジュディ
スティンク
お母さん
お父さん

ジュディ・モードとなかまたち★12

ジュディ★モードは宇宙人《うちゅうじん》？

モードまくら

ジュディ・モードは、ふきげんモードでした。
うんざりモード、どんよりモードです。
それもこれも、学校のアルバムにのる写真《しゃしん》を家に持《も》ちかえってしまったからです。
弟のスティンクなら、部屋《へや》に入ってきたとたん、写真《しゃしん》をみせてというでしょう。
写真《しゃしん》をみたら、〈あたしはガオってさけぶ〉T《ティー》シャツ（今日ジュディが着《き》ている
のと同じT《ティー》シャツ）に気づくはずです。T《ティー》シャツに気づいたら、ジュディの髪《かみ》
が鳥の巣《す》みたいだったことにも気づくでしょう。学校のアルバムにのるのに、目

がかくれるくらい髪《かみ》がぼさぼさだったことに。

お父さんとお母さんも、きっとあきれるでしょう。

今朝だって、お父さんがいったばかりです。

「一度《いちど》くらい、学校のアルバムで、むすめのちゃんとした写真《しゃしん》がみたいもんだ」

「今年がその〈一度《いちど》〉になるかもしれないわよ」

お母さんもそういっていました。

けれど、三年生の今年も、いつもとおんなじです。

ジュディは、これまで学校アルバムにのった写真《しゃしん》を床《ゆか》に広げました。どれをみても、へんなふうにうつっています。

ああ、お父さんとお母さんが、今年の学校アルバムのことをわすれてくれたらなあ。うーん、むりか。

ピエロ
（幼稚園《ようちえん》）

片目《かため》の海賊《かいぞく》
（２年生）

男の子
（１年生）

鳥の巣《す》
（３年生）

そうだ、犬に写真《しゃしん》を食べられたことにするのは？　でも、うちには犬なんていない。ネコのマウスがいるだけ。だったら、わるい人がパソコンにあった写真《しゃしん》のデータを消《け》しちゃったっていうのはどうかな？　はあ、信《しん》じてくれるわけないよね。

教室で写真《しゃしん》を受《う》けとったときも、サイアクでした。ロッキーがジュディの写真《しゃしん》をさっとつかんで、フランクにまわしてしまったのです。ジュディはとりかえそうと、算数もそっちのけで、わめいたり、いすからとびあがったりしました。するとトッド先生が、ひとことといいました。

「南極《なんきょく》」

教室のうしろには、南極《なんきょく》とよばれるつくえがあります。そこへいって、頭をひやしなさいというわけです。今日、ジュディが南極《なんきょく》へいったのは、それが三回目でした。一日に三回も南極《なんきょく》にいくなんて、これまでの最高記録《さいこうきろく》です！

ああ、写真《しゃしん》のことを思いだすだけで、なんだかむねがもやもやする。

そんなわけで、ジュディはふきげんモードでした。大好《だいす》きな〈指《ゆび》あみ〉をしたい気分、写真《しゃしん》のことなんてかんがえたくない気分、ひとりになりたい気分です。ひとりきりになって、スティンクからはなれていられたら、どんなにいいでしょう。なにしろスティンクは、プーンとうるさくつきまとう蚊《か》みたいな弟なのですから。

ジュディのお気に入りの場所《ばしょ》ナンバーワンは、マウスといっしょにねころがれる、二段《だん》ベッドの上の段《だん》です。でも、そんなところへいったら、すぐにスティンクにみつかってしまいます。そこでジュディは、サンダルや洗《せん》たくものの山をのりこえ、お気に入りの場所《ばしょ》ナンバーツーの、クローゼットのいちばんおくに入りました。そして、スティンクの〈一メートルガム〉からちぎってきたガムを、ぽんと口にほうりこみました。

「そんな目でみないで、マウス。スティンクはなんとも思わないよ。だって、知らないんだから」

ジュディは茶色の毛糸をつかんで、親指《おやゆび》にまきつけ、指《ゆび》あみをはじめました。

毛糸のくさりができあがっていくと、マウスがそれを前足でたたきました。前、うしろ、前、うしろ、ぎゃくもどり、くるん、くるん、くるん。ジュディは、とちゅうで緑色《みどりいろ》の毛糸にかえました。左手からたれさがる長い毛糸のくさりが、どんどんのびていきます。ジュディの指《ゆび》あみの速《はや》さは、バージニア州《しゅう》で一番、いいえ、アメリカで一番、いいえ、世界《せかい》で一番かもしれません！

指《ゆび》あみって、サイコー。あみ棒《ぼう》がなくても、あみものができるんだから。

ジュディは、指《ゆび》にどんどん毛糸をかけていきます。一、二、三、四、ぎゃくもどり、上、下、とおす……。あみかたは、ハリケーンで大きな停電《ていでん》が起《お》きたときに、ルーおばあちゃんがおしえてくれました。

ジュディのクローゼットは、ちょっとしたひみつの部屋《へや》になっていて、まどまでついています。小さくて丸いまどなので、そこにいると、船に乗《の》っているみたいです。帆《ほ》のついた船、海賊《かいぞく》の船……。

船は、青い海をわたっていました。マシュマロのような雲が広がる空の下で、ぷかぷかと波《なみ》にゆれていました。

ジュディとマウスも、船のハンモックのなかで、そよ風にゆれていました。ところがそこへ大きな波《なみ》がやってきて……

マウスが船から落《お》ちてしまいました！

ジュディは、すぐさま毛糸のくさりをマウスにほうりなげました。毛糸がひかれる手ごたえを感《かん》じると、そこにいたのは——

「スティンク！」

ジュディは、いっしゅんで空想《くうそう》からさめま

した。口からガムがとびだします。

「びっくりして、ガムをふきだしちゃったじゃない！」

「そのガム、どこから持《も》ってきたの？」

「どこでもないよ。カオガム、かみおわったガムだから」

ジュディはガムをひろって、また口にほうりこみました。

「それより、なんであたしの居場所《いばしょ》がわかったの？」

「毛糸のくさりをたどったから」

たしかに、長くてカラフルな指《ゆび》あみのくさりが、クローゼットの下のすきまからでています。本やおもちゃの山をくねくねとこえて、くつ下の山をぐるっとまわり、ドアの外までのびています。

「たどらなくていいのに。あたし、ふきげんモードなんだから」

「そんなの、知らないもん」

「ドアノブに、ヒントその一も、その二も、その三も、かけてあったでしょ？」

「ああ、あれ?　学校アルバムの写真《しゃしん》をみられたくないってことだと思ってた」

「それもある」

「だれかさんがふきげんモードってことだったんだ」

「そう!」

「わかるわけないよ。ドアノブのカードなんて、いちいち読まないし」

「あ、ひらめいた。お母さんに本を読んでもらおう。ルイーザ・メイ・オルコットの——」

「だれ、その人?」

「『若草物語《わかくさものがたり》』っていう世界一有名《せかいいちゆうめい》な本を書いた、世界一有名《せかいいちゆうめい》な作家」

「ああ、その物語《ものがたり》って、草がいっぱいはえてるところの話だよね?　女の子たちが大草原の小さな家でくらすんだっけ?」

「ぜんぜんちがーう！　とにかく、あたしがいいたいのは、ルイーザもよくふきげんモードになってたってこと。ほんとだよ。だから、〈ソーセージまくら〉っていうのをつかってたんだって」

「ソーセージまくら？」

「うん、ソーセージみたいに細長いまくら。それが立ててあったら、ルイーザはごきげんモードだから、部屋《へや》に入っていいってこと。でも、横《よこ》にねかせてあったら、注意《ちゅうい》、じゃまするな、ルイーザはふきげんモードだぞってこと」

ジュディはあたりをみまわして、ふわふわの毛がついたまくらをつかみました。

「よくみてて。これをあたしの〈モードまくら〉にするから。合図を決《き》めるよ。このまくらが立ててあったら、ごきげんモード、入っていいよってこと。横《よこ》にねかせてあったら、ふきげんモード、入ってくるなってこと。ドアノブのカードよりわかりやすいでしょ」

「けど、立ててあったまくらがたおれたら？　ハリケーンのめちゃくちゃすごい風が、まどから入ってくるかもしれないよ。それか、キングコングよりでっかいモンスターが、家を持《も》ちあげて、ゆすっちゃうかも」

「はいはい、わかりました」

ジュディは、ペン立てからマーカーを一本ひっこぬきました。まくらをひざにのせて、表《おもて》にごきげんモード用のにっこり顔、うらにふきげんモード用のむっつり顔をかきました。

「これなら、ちゃんとモードまくらになるでしょ。にっこり顔は、入っていいってこと、むっつり顔は、入ってくるなってこと」

ジュディは、むっつり顔がみえるように、かべに立てかけました。

「ほら、まくらがなんかいってるよ、スティンク」

スティンクは、ぶすっとしました。

「わかったよ。ちぇっ、マーカーをかりにきただけだったのに」

「ペン立てから持《も》ってけば?」

「あしたは〈さかさまの日〉だから、ぼく、T《ティー》シャツにさかさまの字を書くんだ」

さかさまの日! あたしが一年のなかでいちばん好《す》きな日だ。エイプリルフール〈あたしのたんじょう日〉と〈平和《へいわ》をねがってむらさき色の服《ふく》を着《き》る日〉をのぞけばだけど。

ジュディは、モードまくらをくるっとうらがえしました。とたんに、まくらがにっこり顔になります。

さかさまの日になにをしたらいいかが、ぱっとうかびました。

すごくいいアイディア、ごきげんモードのアイディアが。

さかさまの日

つぎの朝、スティンクがジュディの部屋《へや》に顔をだしました。野球帽《やきゅうぼう》をうしろ前にかぶり、ズボンもうしろ前にはいて、「おお　緑《みどり》は　まきば〜」とうたっています。着《き》ているT《ティー》シャツには、名前をさかさまにしたらしく、〈ドーモ・クンィテス〉と書いてあります。

「ドーモくん、いいね。そうだ、ドーモくんにも指《ゆび》あみをおしえてあげる」

ジュディは、毛糸のくさりを持《も》ちあげました。

「そりゃあ、ドーモ」

「あ、あたしもドーモちゃんになれるよね。ラッキー！」

ジュディはそういって、くしをさがしました。そのくしが、ジュディがさかさまの日にすることの、ヒントその一でした。

「ねえ、お姉ちゃん、足が四本で、ロゲロゲって鳴く生きもの、なーんだ？」

「はきそうな犬？」

「ちがうよ！　さかさまの日のカエル！」

「アハハ、おもしろーい」

「え？　ほんと？　ドーモ！　いつもなら、つまんないっていうのに」

スティンクのじょうだんがおもしろかったふりをすること。それが、ヒントその二でした。

スティンクは自分の部屋《へや》へかけもどり、一メートルガムを持《も》ってきました。

「はい、あげる。まだ七センチのこってるよ」

「いいの？」

「うん、マーカーをかしてくれたし、ぼくのじょうだんにわらってくれたから」

スティンクはそういって、階段《かいだん》をかけおりていきました。

ヒントその三は、ジュディが〈あたしはガオってさけぶ〉T《ティー》シャツをぬいで、いちばん下の引きだしにしまいこんだことでした。ジュディは、どの服《ふく》がいいかじっくりかんがえてから着《き》がえ、かがみで自分のすがたをチェックしました。一回、二回、三回。

かがみよ、かがみよ、かがみさん、世界《せかい》でいちばんさかさまなのは、だあれ？

それから、いそいで下へおりて、おべんとうをつかみました。

お母さんは、ジュディのすがたをみたとたん、目をまん丸にしました。

「まあ、びっくり！」

「こりゃあ、おどろいた！」お父さんもいいます。

「その頭、どうしたの？　クレオパトラかなんかのまね？」とスティンク。

「ちがうよ。わかんない？」

ジュディはくるっとまわって、もっとよくみてもらいました。

髪《かみ》の毛《け》は鳥の巣《す》ではなく、きちんととかしてあります。しかも、おでこをだして、前髪《まえがみ》をヘアピンでぴちっととめています（少女探偵《たんてい》ナンシー・ドルーが、いざというときにつかう、あのヘアピンです）。服《ふく》も上下がそろっていて、トラじまもようなんてどこにもありません。サメの絵もないし、くつとくつ下も左右がそろっているし、腕時計《うでどけい》もひとつだけです。

「それって……わかった、ジェシカ・フィンチのまねだ。けど、なんで？　どこがさかさまなの？」とスティンク。

「あたしのぜんぶがさかさまなの」

「とってもすてきよ、ジュディ。ちゃんと髪《かみ》をとかしてくれたのね」とお母さん。

「いやあ、みちがえたよ」とお父さん。

「いつもヘンなことしてるから、さかさまの日にふつうになることにしたの？」

とスティンク。

ドーモ
クンィテ

「まあ、そんなとこ」

ジュディは、モード・リングをみせました。

「ほら、マニキュアでむらさき色にしたんだ。一日じゅうごきげんモードでいることを思いだせるように」

「ジュディ・ゴキゲン・モードになるんだ！」とスティンク。

「それはいいわね」とお母さん。

「さあ、そろそろスバに乗《の》らないと、ちこくするぞ」とお父さん。

「スバ？」とスティンク。

「アハッ、なるほどね。バスのことだよ、スティンク」

ジュディは、ヘアピンをおさえながら、スバにむかってかけだしました。

ジュディとロッキーが教室に着《つ》くと、そこはいつもの三年T《ティー》組ではなく、三年Ｄ《ディー》組になっていました。ドアの上にも〈トッド先生のクラス〉ではなく〈ドット先生のクラス〉と書いてありました。なかに入ると、先生のつくえはうしろ、クラスで飼《か》っているモルモットは前。掲示板《けいじばん》にはってあるアルファベットは、Ｚ《ズィー》からはじまっています。黒板《こくばん》には、おかしな文がひとつ。竹やぶ焼《や》けた……ヘンなの！

「おはよう、モード。おはよう、ザン。この教室、どうだい？」

トッド先生がききました。

「どうしてザンって名字でよぶんですか？」とロッキー。

「いつも名前でよんでるのを、さかさまにしたんだよ！」とジュディ。「そうですよね、トッド先生？」

「ああ。それに、今日はドット先生だ」

先生はくすくすわらいました。よくみると、シャツがドット（水玉）もようで、ネクタイがうしろ前です。

「このネクタイ、いいだろう?」

「はい、すごくヘンで、いいと思います!」とロッキー。

「それにしても、モード、今日はずいぶん、ふんいきがちがうね」と先生。

「髪《かみ》も服《ふく》もちゃんとしたので!」

「さかさまモードか。いい感《かん》じだよ」先生はほめてくれました。

フランクは、服《ふく》をうらがえしに着《き》ていました。リュックまでうらがえしです。

ジェシカは、ポニーテールを頭の上に立てていました。

「それに、ほら、ピンクを着《き》てないのよ」

三年V《ヴィ》組のエイミーは、めがねを頭のうしろにかけて、ジュディのとなりにすわりました。

「トッド先生に、今日はこのクラスにいていいっていわれたの」

「ワオ!」とジュディ。

さかさまの日は、やっぱりサイコーです。長い休み時間も、お昼のあとではな

WVUTSRQPONMLKJIHGFEDCBA

竹やぶ焼《や》けた

く前にくるのですから。

授業《じゅぎょう》がはじまると、ことばをさかさまにいってみることになりました。ジュディにだされたことばは、〈新聞紙〉でした。

「しんぶんし、ってことは、さかさまにいうと……しんぶんし」

教室がしんとなりました。

「あれ、さかさまにしても同じだ。先生にからかわれた！」

みんなは、いっせいにわらいました。

トッド先生がせつめいしました。

「そういうのを〈さかさことば〉っていうんだよ。前から読んでもうしろから読んでも同じになることばを、ほかに思いつく人はいるかな？　パールはどうだい？」

「トマト」とフランク・パール。

「フィンチは？」

「スイス」とジェシカ・フィンチ。

「じゃあ、グラフ」

「ララ」

ララ・グラフが自分の名前をいったので、みんなはまたわらいました。

「よくできました」

先生はつぎに、黒板《こくばん》に書いてある〈竹やぶ焼《や》けた〉という文を指《ゆび》さしました。

ジェシカ・フィンチがさっと手をあげました。

「はい、フィンチ」

「その文、さかさまに読んでも同じです！」

「たけやぶやけた……わあ、すごい、よくわかったね！」

ジュディはいいました。ジェシカをほめたのも、さかさまの日だからです。

算数の時間には、トッド先生が先に答えをいって、みんながあとから問題《もんだい》をかんがえました。だまって本を読む〈黙読《もくどく》〉の時間には、だまっていなくてよくなりました。

三年T《ティー》組ではなくD《ディー》組のみんなは、うしろむきに歩いて美術室《びじゅつしつ》までいきました。なかに入ると、かざってある絵が、ぜんぶさかさまになっていました！　みんなは、床《ゆか》にねころがって、つくえのうらにはった紙に絵をかきました。

お昼になると、ジュディは友だちといっしょにテーブルにつきました。ジェシカが、食堂《しょくどう》のランチを持《も》って、やってきました。

「あ、さかさま！　いつもはおべんとうなのに」ジュディはいいました。

ロッキーとフランクとエイミーが、ランチボックスをあけました。ロッキーはフランクをみて、フランクはエイミーをみて、エイミーはジュディをみました。

「むっとしないでね」フランクがいいました。

ジュディは、モード・リングをちらっとみました。むらさき色です。おかげで、今日はずっとごきげんモードでいなければいけないことを思いだしました。

「なんであたしがむっとするの？」

「ストリングチーズ」

ロッキーとエイミーが同時にいいました。

「ストリングチーズをみて、むっとする人なんている？」とジェシカ。

「先週のストリングチーズ事件《じけん》を知らないから、そんなことがいえるんだよ」とロッキー。「ほら、フランクとエイミーとぼくって、いつもストリングチーズを持《も》ってくるだろ。長いチーズをぐにゃぐにゃに曲《ま》げたり、さいて糸みたいにしたり、丸めて玉にしたりするのがおもしろくてさ」

「三つあみにしたり、ブレスレットをつくったりね」とエイミー。

「けどジュディは、自分のランチがおもしろくないって、むっとするんだ」とロッキー。

「ストリングチーズが入ってないんだもん」とジュディ。

「それで先週、ぼくのストリングチーズをひったくったんだよ」とフランク。「そしたら、はずみでチーズがとんでって、それをふんづけた子がころんで、ジュディ

が木曜日の食堂《しょくどう》のおばさんにしかられたんだ」

「木曜日の食堂《しょくどう》のおばさんっていったら、こわくて有名《ゆうめい》じゃない」とジェシカ。

「ちょっと！　今日はさかさまの日だよ。あたし、ぜんぶさかさまにするんだから、ストリングチーズのことでむっとしたりしないってば。一日じゅう、ごきげんモードですごすんだから」

「一日じゅう？」とロッキー。

「ずっと？」とエイミーとフランク。

「そう、一日じゅう、ずっと」

「へえ」とロッキー。

「へえ」とエイミーとフランク。

「だから授業《じゅぎょう》のとき、わたしをほめてくれたの？」

ジェシカがきくと、ジュディはただにっこりしました。

みんなは、ランチボックスからストリングチーズをとりだしました。

ジェシカは、リュックからピンクのストローをひっぱりだしました。

「これ、マジックストローっていうの。ふつうの白いミルクを、ピンクのイチゴミルクに変《か》えてくれるのよ。まほうみたいにね」

「ワオ」

ジュディは、いつものサンドイッチのはしをさいて、糸のようにしました。まほうなんてかかっていない、いつものミルクを飲《の》みました。けれど、ふきげんモードになるわけにはいきません。ああ、毛糸があったらなあ。緑《みどり》の毛糸で、指《ゆび》あみができたらいいのに。モード・リングでは、緑《みどり》は〈うらやましい〉の色なんだよね。

ジュディは、校庭《こうてい》でうしろむきにスキップしたかったのですが、ヘアピンがとれるところまるのでやめました。教室にもどると、つくえのなかを整理《せいり》して、教科書を左、ノートを右にきっちりかさねました。ファイルも、授業用《じゅぎょうよう》と宿題用《しゅくだいよう》にちゃんとわけました。〈プンスカくんえんぴつ〉も、何本か〈プンスカじゃないくんえんぴつ〉につくりかえました。それが終《お》わると、だれからもいわれていないのに、えんぴつけずりにたまったけずりかすをすてました。

ジュディは、今日一日、学校でふきげんモードになりませんでした。ジェシカ・フィンチのことを「ジェシカ・ウンチ」なんていいませんでした。ジェシカが〈ロックスターの三年生〉と書かれたシールを三枚《まい》ぜんぶ買ってしまったときもです。南極《なんきょく》にだって、一回もいっていません！

モード・リングは、むらさき色のままでした。一日じゅう、ずっと。マニキュアが少しはがれましたが、じっさいの色もむらさきに決《き》まっています。ぜったい！

帰る前に、トッド先生がいいました。

「今日はよくがんばったね、ジュディ。その調子《ちょうし》をわすれないように。これからもごきげんモードでいるんだぞ！」

ジュディは、〈よくできましたチケット〉を三枚《まい》もらいました。これで、〈平和《へいわ》と愛《あい》の三年生〉と書かれたシールを三枚《まい》買うことができます。それか、ピースマークのついたえんぴつを一本！

ここまできたら、ジュディは、さかさまの日のプロ、ごきげんモードの女王です。さかさまの日があまりに楽しくて、ふといいことを思いつきました。

これを一週間つづけたらどうかな？　一日つづけられるなら、一週間だってだいじょうぶなんじゃない？

コンテストだって思えばいい。ひとりで〈バイバイ南極《なんきょく》コンテスト〉をやるの。そう、これはゲーム、チャレンジ、自分だけでつくる世界記録《せかいきろく》。

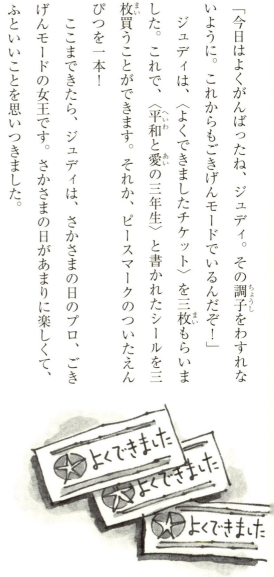

あたしひとりだけのひみつ。

ぜったいにぜったい、かんたんじゃない。だから、しっぱいしてもいいように、だれにもいわないでおこう。

ロッキーにも、フランクにもいわない。スティンクにもぜったいおしえない。だれも知らなければ、「やっぱりね」なんていわれなくてすむ。友だちや、家《か》族《ぞく》や、先生に、めちゃくちゃびっくりしてもらえる。

よし、みんな、待《ま》っててよ。これっぽっちもふきげんモードにならない、生まれかわったジュディをみせてやるから！

ごきげん実《じっ》験《けん》

まるまる一週間ごきげんモードでいるには、なにかヒントがひつようです。成《せい》功《こう》のひけつ、手がかり、アイディアが。

ジュディは、帰りのバスのなかで、友だちみんなにききました。

「ねえ、みんなは、どういうときにごきげんモードになる？」

「マジックが大成功《だいせいこう》したときかな。指《ゆび》を消《け》すマジックとか」

ロッキーが最初《さいしょ》にこたえて、人《ひと》さし指《ゆび》をひっこぬくふりをしました。

「みんながぼくのマジックにびっくりして、拍手《はくしゅ》してくれたら、すごくうれしいなあ」

「なるほど」

ジュディはノートにメモしました。

「ぼくは、宿題《しゅくだい》が終《お》わったら、ごきげんになるよ」とフランク。

「なるほど、なるほど」

ジュディはまたメモしました。

つぎはエイミーです。

「わたしは物語《ものがたり》を書いているときね。自分でお話をつくって、本にして、絵をつけるの」

ジュディはそれもメモして、ノートをみなおしました。

一．マジック
二．宿題《しゅくだい》
三．物語《ものがたり》

「これならできそう」とジュディ。

「どれ？」とエイミー。

「どれ？」とロッキーとフランク。

「えーと……どれでもない。わすれて」

ジュディは走って家へ帰ると、ノートに書いたリストをもう一度《いちど》みました。

まずはマジック。スティンクを相手《あいて》にトランプのマジックをはじめましたが、トランプが部屋《へや》じゅうにちらばっただけでした。

つぎは宿題《しゅくだい》。宿題《しゅくだい》をやって気分がよくなるとは思えなかったので、文字の上に線をひいてリストから消《け》しました。

最後《さいご》は物語《ものがたり》。ジュディは、物語《ものがたり》を書いてみることにしました。

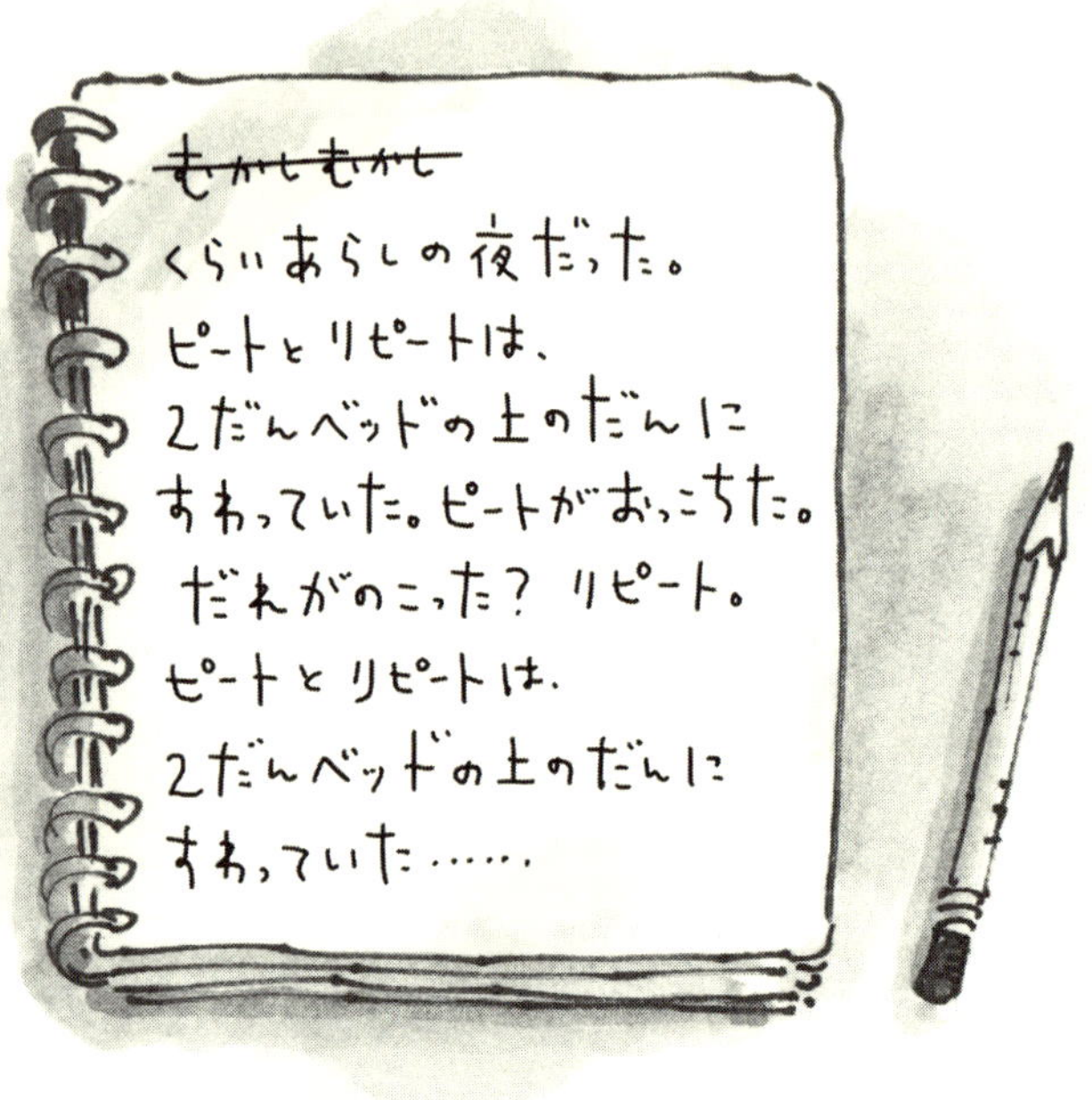

これじゃ、いつまでたっても話が終《お》わらない。ぜんぜんだめ！　気分だって、そんなによくならないし。ほかにだれからヒントをもらえばいい？　お母さん？お父さん？　スティンク？

優等生《ゆうとうせい》で、ぜったい南極《なんきょく》になんていかない人じゃなきゃ。

そうだ！　あのいい子ちゃんにきけば、かんぺきじゃない？　毎日ちゃんと髪《かみ》をとかして、どんなルールも守《まも》って、成績《せいせき》もよくて、南極《なんきょく》になんて近づきもしない、あの子。

〈ハッピー８《エイト》ボール〉を持《も》ってる、あの子。

ジェシカ・カンペキ・フィンチ！

ジェシカをみてれば、いろんなことをちゃんとやる方法《ほうほう》がわかる。なんでもかんぺきにできたら、きっとごきげんモードになれる。あとは、ためしてみるだけ。

理科の実験《じっけん》みたいに！

ジュディはノートをつかんで、自転車《じてんしゃ》にとびのりました。ペダルをこいで道を走り、角を曲《ま》がって、ジェシカの家までいきました。

ピンポーン！　ジュディがベルを鳴らすと、ジェシカがドアをあけました。

「ジュディ？　どうしたの？」

ジェシカ・オシャベリ・フィンチに、ひみつを話すわけにはいきません。そんなことをしたら、世界《せかい》じゅうに知れわたってしまいます。

「えーと、いっしょにだらだらしないかなと思って」

「だらだら？　それ、ジュディがいちばんきらいなことよね」

「そんなことないよ」ジュディは、ジェシカをおしのけました。「入っていい？」

「もう入ってるじゃない」

「じゃあ、えーと、ジェシカの部屋《へや》にいってもいい？」

「いいわよ。ちょうどこれから、いろんなものの長さをはかろうと思ってたの。算数で、測定《そくてい》の授業《じゅぎょう》がはじまるから」

「え、はじまるのは木曜だよね」

「わたし、早めに勉強《べんきょう》しておくのが好《す》きなの」

部屋《へや》へいったジュディは、ジェシカといっしょにベッドにこしかけました。そして、ばねをたしかめるように、ぽんぽんはずみました。

「それ、わたしはやらないわ。お母さんがいやがるから」ジェシカがいいました。

「チェック」

ジュディは、〈ベッドでぽんぽんしない〉とノートに書いて、横目《よこめ》でジェシカをじっくりみました。ジェシカは、髪《かみ》をきちっとポニーテールにして、ピンクの服《ふく》を着《き》ています。ジュディは、〈髪《かみ》をむすぶ〉〈ピンクの服《ふく》を着《き》る〉とノートに書きました。

「なにじろじろみてるの？　失礼《しつれい》よ」

「なにも」

ジュディは、部屋《へや》をみまわしました。きれいにととのえられたベッドに、ふわふわしたピンクのまくらがどっさりのっています。たなの上には、ブタのぬいぐるみがずらり。ブタの貯金箱《ちょきんばこ》のコレクションもあります。

床《ゆか》の上には、本も服《ふく》もちらばっていません。ペンやはさみも落《お》ちていません。ガムのつつみ紙もみあたりません。かべにはピンクのロボットのポスターがはってあって、そこに〈したがえ〉と書いてあります。なんだかぞっとしますが、ジュディはだまっていました。

「床《ゆか》がきれいだね。ラグマットがちゃんとみえる」

「ありがとう。わたし、部屋《へや》をきれいにしておくのが好《す》きなの。気分がよくなるから」

「チェック」

ジュディはノートに〈部屋《へや》をきれいにする〉と書きました。

「さっきからなにを書いてるの？」

「なにも」

ジュディは鼻《はな》をくんくんさせました。

「カップケーキのにおいがする。ねえ、しない？」

「わたしのリップクリームのにおいよ」

ジェシカはわらって、小さなプラスチックのカップケーキをぱかっとあけました。なかには、リップクリームが入っています。

ためしにぬってみると……いいにおい！　どうやらこのリップクリームも、気分がよくなるひけつのようです。ジュディはノートに〈カップケーキのリップクリームをつける〉と書きました。

「にこにこマークも好《す》きなんだね」

ジェシカの部屋《へや》には、にこにこマークのまくら、ペン立て、クリップがありました。サングラスにも、スリッパにも、にこにこマークがついていました。つくえの真上《まうえ》には、にこにこマークのかざりまでぶらさがっています。ジュディは、にこにこマークのついたハッピー8《エイト》ボールを手にとりました。

「やってみていい？」

したがえ
301

ジェシカはうなずきました。

ジュディは、うらないをしてくれるハッピー8《エイト》ボールに、とてもききたいことがありました。けれど、ジェシカには知られたくありません。そこで、声をださずに質問《しつもん》しました。あたしは一週間、ごきげんモードでいられますか？

ハッピー8《エイト》ボールをふると、三角のまどに答えがあらわれました。

『かっこいい』

同じ質問《しつもん》をくりかえして、もう一度《いちど》ふりました。

『息《いき》さわやか！』

もう一度《いちど》やってみました。

『いいにおい』

「いいにおいとか、そんなのばっかりいわれるんだけど」

「リップクリームのせいよ」ジェシカは、わかったふうにうなずきました。「ねえ、そろそろ勉強《べんきょう》しない？」

ジュディはノートに〈早めに勉強《べんきょう》する〉と書きました。

ジェシカは、長さをはかる道具《どうぐ》をいろいろだしました。どれも、ピンクのポニーの絵がついています。とうめいの短《みじか》いものさし、まきじゃく、一メートルの長いものさし。

「あ、一メートルのものさしだ！　うちにも一メートルのガムがあるよ。こーんなに長いの」

ジュディは、両手《りょうて》を広げてみせました。

「長いっていうか、前は長かったの。いまは七センチしかのこってない。けど、ガムが入ってる箱《はこ》は一メートルあって、わきにちゃんと目盛《めも》りがついてるんだ。ほんとだよ！　それに、じょうだんも書いてあって――」

「そういうの、わたしなら勉強《べんきょう》にはつかわないわ」ジェシカがいいました。

ジュディは部屋《へや》をみまわして、はかるものをさがしました。

「ネコはいないんだっけ？　ネコのしっぽとかをはかってもいいかも！」

ジェシカは、まゆをひそめました。

「わたし、ラグマットの長さをはかろうと思ってたの」

そして、まきじゃくをのばし、ラグマットのふちにあてました。つまんない！

ごきげんモードでいるのは、思ったよりたいへんです。指《ゆび》がむずむずしてきます。

ああ、クローゼットに入って、指《ゆび》あみがしたい。

ジュディは、またジェシカをじろじろみました。

「ねえ、ジェシカって、スクールバスに乗《の》りおくれたことある？」

ジェシカは、またまゆをひそめました。

「どうして乗《の》りおくれるの？」

「じゃあ、学校にちこくしたことは？　ねぼうしたり、でかける時間なのに、ふとんのなかで本を読んでたりして。それか、宿題《しゅくだい》をやってないからって、病気《びょうき》のふりで学校をサボったことはない？」

「宿題《しゅくだい》はいつもちゃんとやるもの。病気《びょうき》のふりなんてしたことないわ。それに、

〈ウォーキー・クロッキー〉があるし」

ジェシカは、ベッドのわきにある台の上から、車のついた目ざまし時計を持《も》ちあげました。

「これ、起《お》きる時間になると、ロボットみたいにピコピコ鳴って、台の上からとびおりるの。動《うご》きまわるから、わたしも起《お》きて、追《お》いかけないといけないのよ」

「やってみていい？」

「どうぞ」

ジェシカは、一分後に音が鳴るようにセットしました。ふたりは、じっと待《ま》ちました。

ピコピコピコピコ！　ウォーキー・クロッキーが、台からとびおりてしゃべりだしました。

『オキロ　オキロ』

床《ゆか》を走ったり、ベッドの下に入ったりします。

『ガンバレ　ガンバレ』

ジュディは、部屋《へや》じゅうを追《お》いかけまわしました。

「ワオ！　鳴るし、走るし、しゃべるし、すごいね！」

ノートには、さっそく〈ちこくしないようにウォーキー・クロッキーを買う〉と書きました。

「ああ、おもしろかった。もう一回やろう。こんどは――」

「これはおもちゃじゃないのよ。さあ、勉強《べんきょう》をつづけましょ」

ジェシカは、ウォーキー・クロッキーを台の上にもどしました。

ジュディは、ノートのリストをみました。南極《なんきょく》へいかないようにするために、やることがどっさりあります。ごきげんモードでいるには、おぼえることもたくさんありそうです。帰って、早くとりかからなきゃ！

「ちょっと時間が……。だって、あたし……理科の実験《じっけん》もあるし」

「理科の実験《じっけん》？」

ジェシカは、背《せ》すじをぴんとのばして、目を大きくみひらきました。

「理科の実験《じっけん》って、なに？　そんなのなかったはず――」

そのときにはもう、ジュディは階段《かいだん》をおりて、げんかんをでるところでした。ぎりぎりセーフ！

毛糸星人

さっそく、やってみよう！

ジュディは、家へ帰るとすぐ、髪《かみ》をふたつにむすんで、ジェシカみたいなポニーテールを二本つくりました。それから、ジェシカ・ソウジオタク・フィンチのまねをして、自分の部屋《へや》を片《かた》づけはじめました。ハーハーしながら、本や、ゲームや、ペンや、ぬいぐるみをひろいます。ああ、つかれる。ゼーゼーしながら、T《ティー》シャツや、ショートパンツや、くつ下や、パジャマをひろいます。ほんと、くたびれる！

ジュディをずっとみていたマウスが、くつ下にぱっととびつきました。

「返《かえ》して、マウス。これは遊《あそ》びじゃないの。部屋《へや》をきれいにしてるんだから」

ジュディは、つくりかけの毛糸のくさりもクローゼットにほうりこみました。

こんなことして気分がよくなるなんて、ジェシカってやっぱりどうかしてるよ。

つぎにジュディは、今週の宿題《しゅくだい》をやりました。読む、読む、読む、書く、書く、書く、かける、割《わ》る、終《お》わり！

勉強《べんきょう》を早めにやっても、やっぱりいい気分になんてなりません。

「マウス、つぎはどうしよう？」

ジュディはノートをみました。そうだ、いいこと思いついた！

つぎのしゅんかん、アナグマが穴《あな》をほるように、クローゼットにもぐりこみました。そして、いちばんおくから、去年《きょねん》のクリスマスプレゼントをひっぱりだしました。ルーおばあちゃんからもらった〈おどるネズミ〉の手あみのセーター。

その下にある、カリフォルニアのおじいちゃんとおばあちゃんからのプレゼント。

それは、楽しい〈手づくりガム〉のセットじゃありません。かっこいい〈手づくり貝がらランプ〉のセットでもありません。〈手づくりリップクリーム〉のセットです！　においは、わたあめ、チョコレート、カップケーキ！　やった！

去年《きょねん》のクリスマスには、においがするリップクリームなんて、ぜったいつけたくないと思いました。でも、ジェシカがつけているのをみたいまは、ちがいます。

あたしもつけなきゃ。ごきげんモードのために。

せっかくきれいにした部屋《へや》をよごしたくなかったので、かわりに洗面所《せんめんじょ》をよごしました。お湯《ゆ》を用意《ようい》して、手をべたべたにして、きついにおいをがまんすれば……ほら、カップケーキのリップクリームのできあがり！

ぬりぬりぬりぬり！　ジュディはかがみにむかって、チュパッとやりました。いいにおい。それから、くちびるをぺろりとなめました。わ、リップクリームがとれ

ちゃった。ぬりぬり、チュパッ！　なんだかおもしろーい。これはちょっと気分がよくなるかも。びっくり。

ジュディは自分の部屋《へや》へもどりました。すると、たいへん！　指《ゆび》あみでつくった毛糸のくさりが、クローゼットの外へくねくねとのびて、とびらの取《と》っ手《て》にひっかかり、たんすをのりこえ、床《ゆか》にたまって山をつくっていました。その山のてっぺんで、マウスが丸くなってねています。

ジュディは、マウスの下から、毛糸のくさりの先っぽをひっぱりだしました。

「マウス、あたしのきれいな部屋《へや》を毛糸だらけにしたのは、だれ？　スティンクだなんていっても、むだだからね」

片《かた》づけると、やっと時間があきました。これで、大好《だいす》きな指《ゆび》あみのつづきができます。ジュディはクローゼットに入って、毛糸をさがしました。ところが、毛糸はもうのこっていませんでした。ひと玉も、ひとたばも、一本もありません。

ジュディは、階段《かいだん》をかけおりました。

「ねえ、お母さん！　毛糸屋《けいとや》さんにつれてって。きんきゅうじたいなの！」

「ジュディ、がまんして。毛糸にお金をつかいすぎよ。こんどルーおばあちゃんに会ったときに、おねがいしましょ」

「そんなの……！」

ジュディは、ひどいといいそうになりました。がまんできないといいかけました。ドシンドシンと階段《かいだん》をのぼっていきそうでした。けれど、そんなことをしたら、おこっていることになってしまいます。ごきげんモードどころか、ふきげんモードです。

そこで、二階《かい》にかけもどりました。モードまくらのむっつり顔が、ジュディをにらんできました。

まだ、ごきげんモード一日目なのに。今日から一週間、ふきげんになっちゃいけないのに。ずっとごきげんでいるのって、ほんとにたいへん。思ったより、ぜんぜんかんたんじゃない。

ジュディは、またアナグマみたいにクローゼットにもぐりました。そして、ルーおばあちゃんからもらった、おどるネズミのセーターを手にとりました。ネズミは、耳も、体も、しっぽも、もこもこです。ピンクのもこもこをひっぱると……あらら！　毛糸が一本、ほつれました。

ジュディは、ドアにちらっと目をやって、だれもみていないことをたしかめました。そして、毛糸をもう少し、もうちょっと、とひっぱりつづけました。気がつくと、セーターはもうセーターではなくなっていました。くねくねした毛糸の山になっていて、まるでスパゲッティです！

これで、ひつようなものができました。ジュディ

は、お母さんや、うるさいスティンクにみつかる前に、モードまくらをにっこり顔にして、せっせと指《ゆび》あみをしました。

毛糸のくさりは、少しずつ長くなっていきます。どんどんのびて、ろうかにまででていきます。毛糸は、またあっというまになくなりました。

ジュディは、屋根《やね》うら部屋《べや》へいってみました。もしかしたら、むかしの毛糸がでてくるかもしれません。うわー、クモの巣《す》だらけ！　ジュディは、ほこりまみれの古いかばんや、箱《はこ》や、つつみをあけてみました。

みつけた！　あまった毛糸の山！　部屋《へや》にもどったジュディは、むちゅうであんでいきました。そのとき、スティンクが、両手《りょうて》を背中《せなか》にまわしてやってきました。

「なにをかくしてると思う？」とスティンク。

「カエル？」

「ブー」

「クッキー？」

「ブー」

「こうさん」

「海にいるものだよ」

「タコ？」

「あたり！　なんでわかったの？」

スティンクは、両手《りょうて》を前にだしました。指《ゆび》にタコの足のようなものをつけています。

「タコの指《ゆび》、いいね」

「ほんとはイカの指《ゆび》なんだ。イカライダーごっこ、やらない？　ぼくがイカライダーをやるから、お姉ちゃんはサメモンスターをやって。ビッグマグロでも、ヌルヌルウナギでもいいよ」

「デンキウナギは？」

「オッケー」

「うそだよ。そんな遊《あそ》び、やらない。指《ゆび》あみしてるとこだから」

「じゃあ、スパイダーマンごっこは？　ぼく、ドクター・オクトパスになってもいいよ。ドクター・オクトパスって、タコ博士《はかせ》って意味《いみ》なんだ。お姉ちゃんは……ふきげんモードの人をやっていいからさ」

「あたし、ふきげんモードじゃないよ。それどころか、ルンルン気分」

「ルンルンって、なに？」

「知らない。そういうふうにいうのをきいただけだから。とにかく、うきうき気分なの」

「そうかなあ。いらいら気分にみえるけど。まくらだって、ふきげんモードだし」

スティンクは、むっつり顔のまくらを指《ゆび》さしました。

「きっとキングコングのしわざだよ。にっこり顔にしてたんだから。ほんとだって」

そのとき、ジュディは、ぱっとひらめきました。

「指《ゆび》あみをいっしょにやろうよ。おしえるから、スティンクもくさりをつくって。

それをあたしのくさりにつなげれば——」

「やだよ！　あみものなんて、おばあちゃんがすることだもん」

「指《ゆび》あみはちがうの！　指《ゆび》あみはすごくおもしろいんだから。もしめちゃくちゃ長いくさりができたら、〈毛糸ゲリラ〉をやって、家をぐるぐるまきにすることだってできるんだよ。車とか、うちのバージニア・デア小学校とかも！」

スティンクは、さっと顔をあげました。

「毛糸ゲリラ？」

「そう、毛糸のゲリラアート。外にあるものを毛糸でくるんじゃうの。校庭《こうてい》のシーソーとか、旗《はた》をあげるポールとか、公園にあるバージニア・デアの銅像《どうぞう》とか」

「あの銅像《どうぞう》？　おこられるよ！」

「そうだね。じゃあ、銅像《どうぞう》はなし。けど、公園のベンチくらいならいいでしょ」

「なら、ぼくもやる」

スティンクは、さっそく長いイカの指《ゆび》に毛糸をかけはじめました。ジュディは指《ゆび》あみをつづけ、マウスは毛糸玉を追《お》いかけまわしました。

「うまくできたかも」

スティンクはそういって、両手《りょうて》を広げました。え、あやとり？　毛糸はスティンクのイカの指《ゆび》にすっかりからまっています。

「イカライダーは、指《ゆび》あみがとくいじゃないみたいね」

ジュディがいうと、スティンクはわらいました。

「あたりまえだよ。あみものができるイカなんて、いるわけないもん」

スポン、スポン、スポン！　スティンクは、指《ゆび》につけていたイカの足をひっこぬきました。ジュディの部屋《へや》がいつもとちがうことに気づいたのは、そのときです。たなの上にきれいにならべられた本。びんにちゃんと入っている消《け》しゴム。ハエト

リグサのジョーズにはリボンまでついています。

「ねえ、この部屋《へや》、ヘンだよ」

「ヘンじゃないよ」

「ヘンだってば」

「きれいなだけだよ、スティンク。さっき片《かた》づけたの」

「ああ、お父さんとお母さんに片《かた》づけなさいっていわれたの？」

「だれにもいわれてない」

「じゃあ、なんで片《かた》づけたの？」

「理由《りゆう》なんてないよ」

スティンクは、毛糸玉をいくつかひろって、お手玉をはじめました。

「ねえ、その髪《かみ》の毛《け》もヘンだよ」

ジュディは、かがみで髪《かみ》の毛《け》をたしかめました。

「これはツインテールっていうの。つぎに学校アルバムの写真《しゃしん》をとるときは、この髪型《かみがた》にするつもり」

スティンクは思わず、毛糸玉をぽろっと落《お》としました。マウスが、それにぱっととびつきました。そのあとスティンクは、二段《だん》ベッドの下の段《だん》にすわりました。ジュディは、二段《だん》ベッドの上の段《だん》にのぼって、ひとこともしゃべらずに指《ゆび》あみをつづけました。

「ベッドからおりろっていわないの？」とスティンク。

「すわりたかったら、すわってていいよ。ここは自由《じゆう》の国なんだから」

「自由《じゆう》の国？　へえ」

スティンクはまたお手玉をしながら、小さな声でうたいはじめました。『幸《しあわ》せなら手をたたこう』に、『ABC《エービーシー》の歌』。

そしてとうとう、がまんできなくなりました。

「うたをやめろっていわないの？　お手玉をつづけていいわけ？　ぼくのことをスカンクってよんだり、宿題《しゅくだい》をやらなきゃっていったりしないの？」

「宿題《しゅくだい》なら、もうやったよ」

「え？　帰ってきたばっかりなのに？」

「べつに法律《ほうりつ》に違反《いはん》してないでしょ」

「ジュディに違反《いはん》してるよ」

　スティンクは、いそいでかいちゅうでんとうを持《も》ってきて、ジュディの目をてらしました。

「おまえはだれだ？　なぜ髪《かみ》の毛《け》をヘンテコにして、口をてかてかさせて、かがみばっかりみてる？　ぼくのお姉ちゃんになにをした？」

「スティンク、まぶしい！」

「だまされないぞ！　宇宙船《うちゅうせん》はどこだ？　UFO《ユーフォー》に乗《の》って地球《ちきゅう》にきたのか？」

　一週間ごきげんモードをつづけるためだということは、スティンクにはぜったいにひみつです。そこでジュディは、こうこたえました。

「そうだよ、スティンク。あたしはクローン人間なの。つぎは、あんたがクローンになる番」

「お姉ちゃんを返《かえ》せ。宿題《しゅくだい》なんかやらなくて、髪《かみ》はくしゃくしゃで、部屋《へや》もごちゃごちゃの——」

スティンクはそこでことばを切って、鼻《はな》をくんくんさせました。よくきく鼻《はな》が、なにかのにおいに気づいたようです。なにかヘンなにおい。やけにあまい、おかしみたいなにおい。

「これって……カップケーキ？」

「あたしのリップクリームのにおいだよ」

「うわーっ！　やっぱりにせものだ！　お母さんにおしえなきゃ」

スティンクは階段《かいだん》をかけおりました。ジュディは階段《かいだん》のいちばん上にこしかけて、スティンクがお父さんとお母さんにあれこれいうのをきいていました。ほんとのお姉ちゃんは、宇宙人《うちゅうじん》にさらわれたんだよ。にせもののお姉ちゃんは、クローン人間なんだ。

「スティンクもクローンにしたほうがいいかもしれないわね。それで部屋《へや》がきれいになるなら」お母さんがいいました。

「じょうだんじゃないいんだってば！」

「ジュディったら、マウスのトイレまで、自分からそうじしていたのよ」

「それに、お父さんのまきじゃくを、ちゃんとこわさずに返《かえ》したぞ。あの子も、おとなになってきたのかもしれないな」とお父さん。

「あー、もうっ！」とスティンク。

ジュディは、つま先立ちになって部屋《へや》へもどりました。そのとたん、はっと息《いき》をのみました。赤、黄色、青、ピンク、緑《みどり》。部屋《へや》がカラフルな毛糸だらけで、大きなクモの巣《す》のようになっています！　ラグマットの上の毛糸なんて、キングコングが食べるスパゲッティの山のようです。

「うそーっ！」

ジュディの声をききつけて、スティンクがあわてて二階《かい》へきました。

「わ、だれがやったの？　自分となかまの宇宙人《うちゅうじん》？」

「ちがうよ。マウスが宇宙《うちゅう》ネコじゃないならだけど。こら、マウス、おいで」

ジュディは、犯人《はんにん》と思われるネコのマウスをベッドの下からひっぱりだしました。マウスは、赤と緑《みどり》がまざった毛糸玉で遊《あそ》んでいるところでした。

「マウスがクリスマスのくつ下みたいになってる！」

スティンクが、指《ゆび》をさしてわらいました。

ジュディは、からっぽになったふくろを持《も》ちあげました。

「わらいごとじゃないよ、スティンク。指《ゆび》あみにつかおうと思ってた毛糸で、部《へ》屋《や》じゅうごちゃごちゃになっちゃったんだから。これじゃあ、部屋《へや》っていうより……スパゲッティ星だね」

「かっこいい。毛糸星人が住《す》んでそう。つぎは、ぼくの部屋《へや》でやろうよ」

「スティンク！　ちゃんと話をきいてた？　この毛糸をほどくのに、一年はかかるよ」

el sol
地球を守ろう

ジュディは、さけびだしそうになりました。目が大きくなって、ほっぺたがふくらんで、顔が赤くなりました。けれど、がまんしなければなりません。いくら毛糸星人にうんざりしても、ふきげんモードになるわけにはいきません。なにがあろうと、「ガオ！」とさけんではいけないのです。

ジュディは、しかたなくいいました。

「ミヤオ」

ヘン、ヘン、ヘン

その夜、ジュディは、ねる前に指《ゆび》あみをしようと思いました。けれど、毛糸は大きなスパゲッティのモンスターのままでした。どこからどこまでなのかもわからない体。タコよりいっぱいある腕《うで》。クモの群《む》れよりたくさんある足。小さな子のくつひもよりどっさりあるむすび目。

ジュディは、電気を消《け》して、二段《だん》ベッドの上の段《だん》のふとんに入りました。いつものくせで、マウスがねているはずのあたたかい場《ば》所《しょ》をさぐりました。あれ、いない。そうか、今夜は、マウスをスティンクの部《へ》屋《や》でねかせることにしたんだった。

やっとねむると、スパゲッティのゆめをみて、クモのゆめをみて、毛糸星人がクモの巣《す》にひっかかるゆめをみました。

朝になると、髪《かみ》の毛《け》がばくはつして、床《ゆか》の毛糸のようにこんがらがっていました。ジュディは、手にぺっとつばをはいて、ぼさぼさの髪《かみ》をなでつけました。

それから床《ゆか》の毛糸星人をみて、ひざのかさぶたをついて、どうしようかとかんがえました。このこんがらがった毛糸で、どうやって指《ゆび》あみをしよう？

そうだ、ひらめいた！　友だちみんなに手《て》伝《つだ》ってもらえばいいんだ。

ジュディは、モードまくらをにっこり顔にしました。ベッドをとびだすと、ピンクのパーカーを着《き》て、むらさきのままのモード・リングをつけました。ごきげんモード二日目のじゅんび、かんりょう！

ロッキーが、バス停《てい》でジュディをひと目みるなりいいました。

「どうしたの？」

「どうもしないよ」

「なんかヘン」ロッキーは、ジュディをじろじろみました。

「ツインテールにしてるんだよ」スティンクがロッキーにおしえました。

「髪《かみ》をちゃんとして、ピンクの服《ふく》を着《き》たの。それと、ほら、にこにこマークのシールをつめにはったんだ」

ジュディは、両手《りょうて》の指《ゆび》を広げてみせました。

「それだけじゃないだろ。ばんそうこうをどこにもはってないし、きのうからまる一日、『ガオ！』ってさけんでないし」

一日？　もう二年くらいたった気がするのに。

「だから？」

「だから、ヘン」

「そう、お姉ちゃん、ヘンなんだ。にせものかと思うくらい」

「そうだよ。もうさかさまの日じゃないのに、まださかさまのことしてるなんてさ」とロッキー。

「してるかな」とジュディ。

「おまけに、カップケーキのにおいまでしてるし」とスティンク。

ロッキーは、鼻《はな》をくんくんさせました。

「バニラのカップケーキ？　それとも、チョコ？」

「まっ赤《か》なイチゴだよ」ジュディはいいました。


友だちからみたジュディは、一日じゅうヘンでした。楽団《がくだん》のコンサートをききにいく列《れつ》にならんだときも、ジェシカを先にいかせていました。算数クイズで先生にさされなかったときも、ちっともむっとしませんでした。水曜日なのに、お昼にミニアイスクリームサンドがなかったときも、ただ「じゃあ、フルーツをください」といっただけでした。

お昼休み、四年生がジュディをからかいました。

「とうとうガオっていうな」とロッキー。

「とうとうガオっていうね」とフランクとエイミー。

ジュディは、自分の足をトントンたたいたり、耳のうしろをかいたりしました。

けれど、ガオとはいいませんでした。

「からかわれたって、いたくもかゆくもないもんね」

そうひとことだけいって、歩きだしました。

「よし、みてろよ」

ロッキーがフランクにいうと、エイミーとジェシカも注目《ちゅうもく》しました。

「おーい、ジュディ。砂場《すなば》で山くずしをやろうよ」

「やらない。砂《すな》で服《ふく》がよごれるから」

「じゃあ、ヘリコプターごっこは？」とフランク。

「ぐるぐるまわったら、髪《かみ》の毛《け》がくしゃくしゃになっちゃうよ」

「やっぱり、さかさまだ」とフランク。

「さかさまの日でもないのにね」とエイミー。

「ほらね」とロッキー。

「ヘン」とフランク。

「すごくヘン」とエイミー。

「ものすごくヘン」とジェシカ。

ジェシカは、ジュディがピンクの服《ふく》を着《き》ているのも、髪《かみ》をむすんでいるのも、自分とにているといいました。

「こういうとき、ジュディって、なんていってたかしら。いっしょ、いっしょ？」

「ほんと、ジェシカといっしょだ。ふたごみたい！」とフランク。

「もしかして、ぐあいでもわるいの？」とロッキー。

「そうよ、ほんとにだいじょうぶ？」とエイミー。

「だいじょうぶだってば。毛糸星人の名にかけて」ジュディは、むねの前で十字を切りました。「それより、みんなでやりたいことがあるんだ」

「ふーっ！」とロッキー。「いつものジュディだ。そうこなくっちゃ」

「なにをするの？」とフランク。「記録《きろく》にちょうせん？　地球《ちきゅう》をすくう？　未来《みらい》をうらなう？」

「わたしたちで単語《たんご》つづりバチ大会をやる？」とジェシカ。

「おふろでお茶会をやるのは？　前にやったっていってたわよね」とエイミー。

「どれもノー。やるのは、いままでやったことないことだよ」とジュディ。

「わあ、それってなに？」とエイミー。

「ひみつ。放課後《ほうかご》、うちにきて。そのときにおしえるから」

「ジュディのことだから、おもしろいだろうな」とロッキー。

「うん、楽しそう」とフランク。

「なんかすごいことかも」とロッキー。

「早く集《あつ》まんないと、つまんないことになるからね！」とジュディ。

「いく！」とロッキー。

「いく、いく！」とエイミーとフランク。

「いく、いく、いく！」とジェシカ。

ロッキーが、ジュディをわきにひっぱって、ひそひそいいました。

「ジェシカもまぜるの？　ほんとに？」

「うん、いままでのあたしじゃないから」

ナヌナヌ

ジュディは、友だちみんなが家へくる前に、だいぶ長くなった毛糸のくさりをクローゼットにおしこみました。これで部屋《へや》はすっきり。のこったのは、こんがらがった毛糸の山だけです。この山も、もうすぐみんながすっきりさせてくれます。ロッキーたちは、やってきたとたん、ジュディがどんなおもしろいことを思いついたのかをかんがえはじめました。

「チョコでエッフェル塔《とう》をつくるんじゃない？」とエイミー。

「ゼリーでピラミッドをつくるんだよ」とフランク。

「ジュディの潜望鏡《せんぼうきょう》をつかって、スティンクにいたずらするんじゃないか？」とロッキー。

「そういうんじゃないよ」とジュディ。

「とにかく、おもしろいことをかんがえてくれてよかったよ。ジュディがもどってきてくれて」とロッキー。

「もどってきたって、どこから？」

「まあ、いいじゃん。なにをするか、おしえてよ」

ジュディは、みんなを二階《かい》へつれていくと、にっこり顔のまくらを立てかけていたドアをさっとあけました。

「ジャジャーン！」

ロッキーはかたまりました。フランクは息《いき》をのみました。ジェシカはまばたきしています。エイミーは、よくみえなかったというように、めがねをいったんはずして、つけなおしています。

ジュディの部屋《へや》は、とてもきれいになっていました。けれど、床《ゆか》のまんなかに、大きな毛糸玉がありました。ごちゃごちゃにからまった、巨大《きょだい》な毛糸のかたまりです！

「毛糸パーティーへようこそ！」ジュディは楽しそうにいいました。

「毛糸パーティー？」とジェシカ。

「そう、毛糸でわいわい遊《あそ》ぶの。どう遊《あそ》ぶかっていうと……この毛糸をほどけるか、みんなでチャレンジ！」

「それが、すごい思いつき？」とフランク。

「そんなのを楽しいと思うのは、宇宙人《うちゅうじん》くらいのもんだよ」とロッキー。

「グー」エイミーは、ねているふりをしています。

「手伝《てつだ》うわ！」ジェシカだけが、ピンクの毛糸を手にとりました。

「みんな、やろうよ。おもしろいってば、ぜったい」とジュディ。

「どっちがおもしろいかな……くつ下がかわくのをみてるのと」とフランク。

「じゃあ、みんなでなにかべつのことをかんがえてよ。そのあいだ、フランク、両手《りょうて》をだして」

「ぼく？」

フランクは、いわれたとおりに両手《りょうて》をだしました。ジュディは、毛糸をつぎつぎひっぱって、はしっこをさがし、フランクの両手《りょうて》にまきつけました。毛糸はぐるぐると輪《わ》っかになって、緑《みどり》から青、青から赤へと変《か》わっていきます。

「もうおろしていい？　手がつかれちゃった」とフランク。

「まだ。ねえ、みんな、知ってる？　手がかりをつかむことを、糸口をみつけるっていうんだよ」

「ジュディ、さっき、糸口をみつけてたね」とロッキー。

「うん、これで毛糸事件《じけん》が解決《かいけつ》しそう」

「そうだ、探偵《たんてい》ごっこをやらない？」とエイミー。

「それか、英語《えいご》のカードゲームは？」とジェシカ。

ロッキーが、あきれた顔をしました。

「ぼくぬきでやって。探偵《たんてい》ごっこのほうがいいよ」

「ぼくたち、ほんとうの事件《じけん》だって解決《かいけつ》できたもんね」とフランク。「ほら、警《けい》察犬《さつけん》のチップくんがいなくなったとき」

「探偵《たんてい》ごっこ、いいね！」

ジュディはさんせいしました。みんなも笑顔《えがお》になり、どんな事件《じけん》を解決《かいけつ》することになるかと、うきうきしたようすでうなずきました。

「じゃあ、どうしようかな……」

「みんな、しずかに！　ジュディがかんがえてる」とロッキー。

ジュディは、ひらめいたというように、指《ゆび》を一本立てました。

「毛糸事件《じけん》を解決《かいけつ》しようよ。どうやったらこの毛糸の山をほどけるか、みんなでかんがえるの」

「なーんだ。すごくおもしろいことをいうと思ったのに」とロッキー。

「こわいこととか」とフランク。

「楽しいこととか」とジェシカ。

「つまらなくないこととか」とエイミー。

「いやなら、ジェシカおすすめの、英語《えいご》のカードゲームでもいいんだよ」

「ぼく、黄色！」ロッキーが、黄色の毛糸をさがしはじめました。

「ぼく、茶色！」フランクも、ロッキーをひじでおしのけます。

「あたし、むらさき！」ジュディもいいました。

「わたし、ピンク！」ジェシカも、ロッキーの前へでました。

みんなは、おしあいへしあい、自分の好《す》きな色の毛糸をつかもうとしました。

さわぎが落《お》ちつくと、エイミーがみんなにいいました。

「ねえ、知ってる？　好《す》きな色で、その人がどんな人かわかるのよ。ママが、そういう本を持《も》ってるの」

「じゃあ、茶色が好《す》きな人は、どういう人？」とフランク。

「ヘンな人！」とエイミー。

「え？」

「じょうだんよ。たいていの人は、好《す》きな色に青をえらぶの。とくに男の人はね。茶色をえらぶのは、自然《しぜん》が好《す》きで、強くて、たよりになる人よ」

フランクは片方《かたほう》の腕《うで》を曲《ま》げて、力こぶをつくりました。

「それって、まさしくこのぼく、鉄腕《てつわん》フランクのことだよね」

「つぎは、ぼくの番」とロッキー。

「黄色ね。黄色が好《す》きなのは、太陽《たいよう》みたいに明るくて、想像力《そうぞうりょく》のゆたかな人よ」

「いいね」とロッキー。

「それと、赤ちゃんを泣《な》かせる人」

「へ？」

「そうか、部屋《へや》が黄色いと赤ちゃんが泣《な》くっていうもんね。青は人を落《お》ちつかせて、緑《みどり》は字を読みやすくする」

「ピンクもおねがい！」とジェシカ。

「ピンクは、愛《あい》の色よ」とエイミー。

「ヒュー。ジェシカはだれが好《す》きなんだ？」ロッキーがからかいました。

「〈英語《えいご》のつづりくん〉じゃない？」とフランク。

「じゃあ、むらさきは？」とジュディ。

「むらさきは、王さまと女王さまの色だから、ジュディはお金持《かねも》ちになれるわよ。

それと、この色が好《す》きな人は、アイディアマンね」

「やった！」とジュディ。

そのとき、スティンクが部屋《へや》に顔をだしました。

「お姉ちゃん、五ドル、かして」

「五ドルなんて、持《も》ってないよ」

「だって、お金持《かねも》ちになれるんでしょ？」

「スティンク、ぬすみぎきはやめてっていったでしょ」

「お母さんがお姉ちゃんをよんでるんだよ。ちょっと下にきてほしいんだって」

「じゃあ、これ、持《も》ってて」

ジュディは、ほどいていた毛糸をスティンクにわたして、みんなにいいました。

「すぐもどってくる」

すると、階段《かいだん》をおりはじめたとたん、スティンクがなにかこそこそいっている声がきこえてきました。

お母さんはジュディをよんでいませんでした。スティンクのうそだったのです！　ジュディがいそいで部屋《へや》にもどると、みんなはしんとしました。ロッキーがフランクをつついて、フランクがエイミーをつつきました。

「エイミーがいってよ」とフランク。

「なんの話？」とジュディ。

「ジュディにテストを受《う》けてほしいの」とエイミー。

「テスト？　この部屋《へや》、いつから学校になったの？」

「クイズみたいなもんだからさ」とロッキー。

「宇宙人《うちゅうじん》テストだよ」とスティンク。「お母さんがいつもやってる、雑誌《ざっし》のクイズみたいなやつ」

「ゲームだと思ってくれればいいから」

エイミーはそういって、ゴホンとせきばらいをしました。

「じゃあ、最初《さいしょ》の質問《しつもん》ね。緑色《みどりいろ》は好《す》き？」

「むらさきのつぎに好《す》きだよ。なんで？」

「星をながめることはある？」とロッキー。

「うん、たまに。どうしてそんなこときくの？」

「サングラスはかける？」とジェシカ。

「ビーチにいくときはね。なんでそんなことが知りたいわけ？」

「宇宙船《うちゅうせん》に乗《の》ったことは？」とフランク。

「スペースランドでなら、あるよ」

「お墓《はか》を通りすぎるとき、息《いき》をとめる?」とスティンク。

「みんな、とめるでしょ?」

「質問《しつもん》に質問《しつもん》でこたえたことは?」とフランク。

「え?」

「ほらね。ぼくのいうとおり」とスティンク。

「『ワタシハ　ミカタデス』っていったことは?」とエイミー。

「ないよ」

「うそだ。ビッグフットをさがしてたとき、いってたよ」とスティンク。

「映画《えいが》の『E.《イー》T.《ティー》』は何回みた?」とロッキー。

「何回も。みんなもそうでしょ?」

「『ナヌナヌ』っていったことは?」

「ナヌナヌ?」

「ほら、いった!　もうまちがいないよ」とスティンク。

「なにがまちがいないの？　テストに受《う》かったってこと？」

「うん、合格《ごうかく》。やっぱりおまえは宇宙人《うちゅうじん》だ。宇宙《うちゅう》からきた、お姉ちゃんのにせものだ！」

「ほんとにジュディじゃないの？」

フランクが、めがねごしにジュディをじっとみつめました。

「アムアム　ケイト　クルクル　ノビール　ナヌナヌ」とジュディ。

部屋《へや》がしーんとなりました。宇宙《うちゅう》みたいにしずかです。まばたきする人もいません。エイミーがフランクをみて、フランクがロッキーをみて、ジェシカがぱっと立ちあがりました。

「そうだ、思いだした。わたし……帰らないと」

ジェシカがいうと、エイミーもうなずいて立ちあがりました。

「ぼくも」ロッキーもいいました。

「ぼくも」

フランクも、エイミーとロッキーにぶつかりながら、大いそぎで部屋《へや》をでました。

うそでしょ。がんばってごきげんモードでいようとしたら、友だちに宇宙人《うちゅうじん》だって思われちゃった。

ジュディは、まどにかけよってさけびました。

「ねえ、みんな、あたし、お礼《れい》をいっただけだからね！　毛糸をほどくのを手伝《てつだ》ってくれたから」

けれどみんなは、ふりむこうともせずに、道をすたすた歩いていきました。

いらいらのもと

ひそひそ、ひそひそ。

つぎの朝、ジュディが学校へいくと、ロッキーとフランクとジェシカが、教室の外でこっそり話していました。三人は、ジュディをみたとたん、ぴたっと話をやめました。

ロッキーもフランクも、いつからジェシカとこんなになかよくなったの？

おっと、そんなことかんがえちゃだめ。こういうとき、優等生《ゆうとうせい》のジェシカならどうする？　ジュディは、明るく声をかけました。

「みんな、おはよう！　うきうき木曜日だね」

フランクはひらひら手をふり、ジェシカはにっとわらいました。ロッキーは、うたがうような目をしていいました。

「ほら、なかに入ろう。さっき一回、トッド先生が電気をパチパチさせてたよ」

ジェシカのまねをするのは、あまりいい手ではなかったようです。ジュディは、ますます友だちにあやしまれてしまいました。

トッド先生は、自分のつくえに目ざまし時計をずらっとならべていました。

「三、二、一……」

ジリリリリ！　目ざまし時計がいっせいに鳴りました。クラスの半分の子がとびあがり、のこりの半分の子が耳に指《ゆび》をつっこみました。

トッド先生は、はりきっていいました。

「さあ、時間だ！　今日から算数の新しい授業《じゅぎょう》をはじめるよ。いろんなものをはかる授業《じゅぎょう》だ。時間、空間、この教室、クラスメイト、たっぷりどっさりはかって、

9:15
9:15

一日楽しもう。算数のノートをだして」

ジュディは、つくえもリュックもさぐりませんでした。つくえのなかにきれいにかさねてあったノートの山の上から、算数のノートをすっとぬきだしました。

「ものをはかる道具《どうぐ》には、どんなものがあるかな?」とトッド先生。

ララが手をあげました。「ものさし!」

ディランも手をあげました。「まきじゃく!」

ジェシカも手をあげました。「計量《けいりょう》カップ!」

ジュディもジェシカをまねて、発言《はつげん》しました。「ひも!」

「ジュディ、手をあげるのをわすれているよ」と先生。

やばっ。ジュディは、さっと手をあげました。

「はい、ジュディ」

ジュディは、先生にさされると、お気に入りのものさしをかかげました。

「ほんとは、エリザベス・ブラックウェルの絵がかいてある、このものさしのことをいいたかったんですけど、ものさしは先にいわれちゃったので、べつのものをかんがえて、ひもでもはかれるんじゃないかと思いました」

「よくできました。じつはむかしは、手や足をつかって、ものの長さをはかっていたんだよ」

ジュディは、またさっと手をあげて、そのままじゃべりだしました。

「先生、世界《せかい》でいちばん長いギターは、十メートル以上《いじょう》あるって、知ってました？　この一メートルガムの箱《はこ》に書いてありました」

「ありがとう、ジュディ。おもしろい話だね」先生は、持《も》っていたチョークをくるっとまわしました。「けど、授業《じゅぎょう》のとちゅうで口をはさまないように」

「あたし、ちゃんと手をあげました！」

「それはいいが、さされていないだろう？」

トッド先生は、お米のようなものが入っているびんをみんなにみせて、黒板《こくばん》に〈一インチ＝大麦三つぶ〉と書きました。

ジュディはまた手をあげました。先生は、めがねの上からジュディをみました。

「なんだい、ジュディ?」

「世界《せかい》でいちばん長いお米は、八・五ミリあるんです。ほんとです」

「でしゃばりジュディ」ブロディがいいました。

ジュディの顔が、かっとあつくなりました。耳も赤くなっているのがわかります。

「ブロディも、口をはさむのはやめて、勉強《べんきょう》に集中《しゅうちゅう》しよう」

トッド先生は、黒板《こくばん》にむきなおって、話をつづけました。

「むかし、イギリスの王さまが、大麦三つぶをたてにならべて、その長さを一インチと決《き》めたんだ。一インチは、二・五四センチだよ」

ジュディは、ほかの世界一《せかいいち》長いもののことを思いうかべずにはいられませんでした。世界一《せかいいち》長いジェットコースター、世界一《せかいいち》長いひげ、世界一《せかいいち》長いロールケーキ。そういえば、一メートルガムって、世界一《せかいいち》長いガムなのかな?

とつぜん、体がぶるっとふるえました。なんだか寒気《さむけ》がします。もしかすると、つめたい風が教室のうしろからふいているのかもしれません。南極《なんきょく》から。

ぞぞーっ！

ジュディは、両手《りょうて》をおしりの下に入れて、ぎゅっとおさえました。もう「でしゃばりジュディ」なんていわれたくありません。南極《なんきょく》へいくのもごめんです。あんな寒《さむ》いところへいったら、友だちになってくれるのはペンギンくらいです。

やっと、じっさいにはかってみることになりました。みんなは席《せき》を立って、いろいろなものをはかり、それをノートに書きました。足で教室をはかったり、親指《おやゆび》でトッド先生のつくえをはかったり、大麦のつぶで自分のえんぴつをはかったり。

「ぼくのえんぴつの長さは、大麦が二十二つぶと半分だったよ。消《け》しゴムのところまで入れてね」

フランクがいうと、みんなはそれをたしかめました。フランクのえんぴつの長さは、十九センチくらいでした。

みんなは、モルモットのピーナッツの体の長さや、えんぴつけずりからまどまでのきょりや、三年T《ティー》組から校長室まで走らないで往復《おうふく》したときの時間もはかりました。

また、こんなおもしろいものの長さもおそわりました。

◎ラッシュモア山にほられているワシントン大統領《だいとうりょう》の鼻《はな》　六メートル
◎自由《じゆう》の女神《めがみ》のたいまつ　四メートル
◎チェサピーク湾《わん》の橋《はし》とトンネル　二十八キロメートル

みんなは、アメリカ合衆国《がっしゅうこく》の東西の長さが約《やく》五千キロメートルだということや、地球《ちきゅう》から太陽《たいよう》までのきょりが約《やく》一億《おく》五千万キロメートルだということも知りました！

「よし、みんな、今日はここまで。あしたは、手や腕《うで》をつかって、いろんなものをはかってみよう。キュビットやリックについてもおしえるよ」

ジュディは手をあげました。キュビットやリックについてもおしえるよ」

「キューピッドの身長《しんちょう》をはかるんですか？　どうやって？」

トッド先生は、くくっとわらいました。

「キューピッドじゃなくてキュビットだ。ひじから中指《なかゆび》のてっぺんまでの長さのことだよ。リックは、親指《おやゆび》と人《ひと》さし指《ゆび》をL《エル》字にひらいて、その二本の指《ゆび》のてっぺんからてっぺんまでをはかったときの長さだ」

ジュディのえんぴつは二と四分の一リック、エリザベス・ブラックウェルのものさしは四リック、一メートルガムの箱《はこ》は十二リックありました。

「週末《しゅうまつ》、自分がはかりたいものと、それをはかる方法《ほうほう》をかんがえること。月曜日には、自分だけのものさしをつくろう」

ロッキーは、トランプをつかって、ペットのイグアナのフーディーニをはかることにしました。フランクは、フォークをつかって、朝に食べるワッフルをはかることにしました。ジェシカは、マジックストローをつかって、『つづり大辞典《だいじてん》』をはかることにしました。

「ジュディはどうするの？　ずっとだまってるけど」フランクがききました。

ジュディは、むずむずしていました。いまにもいらいらしそうです。いちいち手をあげたり、でしゃばらないようにしたり、ジェシカのまねをしたりするのは、たいへんです。ずっとごきげんモードでいようとすると、かえってきげんがわるくなってくるようです。

けれど、南極《なんきょく》へいきたくないなら、ふきげんモードになるわけにはいきません。そこで、じょうだんめかしていいました。

「あたしは、宇宙船《うちゅうせん》をはかることにする。ほら、なかまといっしょに地球《ちきゅう》まで乗《の》ってきたやつ」

みんなは、わらっているような、いないような顔をしました。

「じょうだんだよ！　あたしはきっと、砂糖《さとう》のふくろでスティンクをはかるんじゃないかな」

家へ着《つ》くころには、だいぶいらいらしていました。髪《かみ》もぼさぼさだし、いやなことばかり思いだして、頭もごちゃごちゃです。ガルルル。

ジュディは、ふきげんモードになりそうでした。モード・リングをみると、マニキュアのはがれたところが、まっ黒になっていました。

ジュディは、マウスに正直にいいました。

「ずっとごきげんモードでいるのは、ほんとにたいへんだよ、マウス。そのせいで、友だちにはヘンだって思われるしさ。もうやめちゃおうかな。こんなチャレンジ、どうせだれも知らないんだし」

マウスは、前足で目をおおいました。

「そうだね、マウス。あたしは知ってる」

マウスは鼻《はな》をぐずぐずさせて、くしゃみをしました。

「わかってるよ、マウス。いまやめるのは、南極《なんきょく》にひっこして、氷山《ひょうざん》のなかでくらすようなもんだよね」

ジュディは、紺色《こんいろ》の毛糸玉をひろって、指《ゆび》あみをはじめました。宇宙人《うちゅうじん》のなかまじゃないなかまのおかげで、少なくともまたこうしてくさりをあむことができます。毛糸のくさりはどんどんのびて、階段《かいだん》をおり、手すりをまわり、コートハンガーをのりこえ、リビングに入り、ソファの足もとにぐるぐるとたまりました。

紺色《こんいろ》の毛糸も、あっというまになくなりました。ジュディは、むらさき色の毛糸玉を持《も》って、二段《だん》ベッドの上の段《だん》にあがり、むちゅうで指《ゆび》あみをつづけました。

すぐに、むらさき色の毛糸のくさりが、ひざの上にたまりました。王さまと女王さまとアイディアマンのむらさき。モード・リングの〈気分はサイコー！〉のむらさき。

むらさきは、ジュディをいつでもいい気分にしてくれます。

ふと、いいアイディアがうかびました。王さまのアイディア、女王さまのアイディア、アイディアマンのアイディアです！

この水玉もようのかべを、むらさきにぬりかえよう。そうすれば、この部屋《へや》にいるあいだだけでも、ずっといい気分でいられる。あとは、あのふたりにおねがいすればいいだけ。

お母さんは、一階《かい》のパソコンでクロスワードパズルをしていました。お父さんは、スティンクの宿題《しゅくだい》を手伝《てつだ》っています。

ジュディは、ひざまずいてたのみました。

「お父さん！　お母さん！　おねがいだから、いいっていって。おねがいったら、おねがい」

「いいっていっちゃだめ」とスティンク。「きっと、フクロモモンガを飼《か》いたい、ペットショップにつれてって、っていうから」

「いわないよ、っていうか、フクロモモンガってなに？」

「おっきな目をした、空とぶリスみたいなやつ。オーストラリアの動物《どうぶつ》らしいよ。禁止《きんし》の州《しゅう》に住《す》んでなければ、飼《か》っていいんだって」

「禁止《きんし》の州《しゅう》？」

「つまり、カリフォルニア州《しゅう》、ニューメキシコ州《しゅう》、マサチューセッツ州《しゅう》、それとミネソタ州《しゅう》の一部《いちぶ》では、フクロモモンガを飼《か》っちゃだめってこと。このバージニア州《しゅう》はだいじょうぶだけどね」

「ヘンなの」

　すると、お母さんがいいました。

「フクロモモンガも、ほかのオーストラリアの動物《どうぶつ》も飼《か》わないわよ。だから、それを飼《か》いたいっていう話なら、答えはノーね」

「そんな話じゃないってば」とジュディ。

「どんな話かわかるまで、イエスともノーともいえないな」とお父さん。

「部屋《へや》のかべをぬりかえてもいいか、ききたかったの。ベッドがわのかべとか。むらさきはどうかと思ってるんだ」

「べつにいいんじゃない?」とお母さん。

「そうだな」とお父さん。「ガレージにペンキの色見本がある。そのなかから好《す》きな色をえらぶといい。週末《しゅうまつ》にぬりかえることにしよう」

「ほんと?　じゃあ、イエス?　いいってこと?」

「ああ、いいよ」

「なーんだ、フクロモモンガがほしいって、いってくれればよかったのに」

スティンクがいいました。

すっぱいもの

ごきげんモード四日目の金曜日、毛糸のくさりがジュディを追《お》いかけて、ドアの外、道路《どうろ》、そしてバス停《てい》までやってきました！

「お姉ちゃん、しっぽがはえてる！」

ふりかえると、たしかに、おしりのあたりから毛糸のくさりがのびて、道の上にくねくねとつづいていています。

「わっ、毛糸の先っぽがリュックにひっかかってたんだ。家にもどらなきゃ」

「いそいで。バスに乗《の》りおくれちゃうよ」

ジュディは、毛糸のくさりをひろいながら、かけ足で家へもどりました。集《あつ》めた毛糸をげんかんにほうりこむと、ちょうどお父さんとお母さんがでかけるところでした。お父さんは、くつや足首にからまった毛糸をふりはらおうとしています。

「ジュディ、この毛糸について話したいことが――」

「おくれちゃう！　バスに！　あとでね！」

バス停《てい》にもどるころには、ヘアピンがどこかへとんでいました。ジュディは、くずれたツインテールをなおしました。

「ロッキーはまだ？」

「雨のときは、いつも車じゃん」

「雨なんて、ふってないよ」

「これからふるんだよ。雨、ぼくは好《す》きだな。カエルがよろこぶから」

「今日はわるいことばっかり」

「なにかあったの？」

「お父さんとお母さんが、毛糸のことでいらいらしてたの。それだけ」

「あみもの、そろそろやめなきゃいけないんでしょ？」

「やめないよ！」

「だって、お父さんとお母さんがそういってたよ」

「スティンク、かさぶたをとるのは、とるときになってからでいいの」

「え？」

「なんでもない。お父さんとお母さんがなんていってたって？」

「あみものをそろそろやめさせなくちゃ、家が毛糸にのっとられる、だって」

「ほんと？」

「ほんと」

「いまはやめられないよ。あと三日あるんだから……えーと、つまり、いまやめちゃったら、小鳥の巣箱《すばこ》くらいにしか毛糸ゲリラができないもん」

ジュディは、むずむず、いらいらしてきました。ドシンドシンと足をふみならしたい気分です。けれど、ふみならすことも、さけぶことも、うなることもできません。ミャオということさえ、がまんです。

ごきげんモードは、まだ四日目なので、あと三日つづけなければいけません。来週の月曜日まで、ストリングチーズ事件《じけん》を起《お》こしたり、でしゃばりとよばれたりしてはいけないのです。頭のなかでジェシカの悪口《わるくち》をいうことさえできません。ふきげんモードになったら、教室のうしろにある南極《なんきょく》へいって、ぶるぶるふるえたり、氷山《ひょうざん》からオーロラをながめたりしなくてはいけないのですから。ぞぞーっ！

せっかくここまでがんばったんだし、一度《いちど》やると決《き》めたんだから、いまさら南《なん》極《きょく》になんてぜったい近づきたくない。ほんの少しもそばによりたくないし、となりのニュージーランドにだっていきたくない。

ジュディは、すっぱいものを食べたような顔をやめて、むりやり笑顔《えがお》になりました。

それからジェシカをまねて、おとながよくいうことを物知り顔《ものしりがお》でいいました。

「人生がレモンをよこすなら、それでレモネードをつくれ」

「え？」

「ことわざだよ。人生がすっぱいものをよこすなら、それであまいジュースをつくれ」

「は？」

「わるいことが起《お》こったら、かわりにいいことをかんがえろ、ってこと。いつも前向《まえむ》きに、ってことだよ」

「なんだかバースデーカードのことばをきいてるみたい」

「お父さんとお母さんは、あたしに指《ゆび》あみをやめさせようとするかもしれないんでしょ？　それはいやなことだけど、週末《しゅうまつ》に部屋《へや》のかべの色を変《か》えられるのは、いいことだよね」

そのとき、黒い雲が空をおおい、ゴロゴロというかみなりの音がきこえてきました。とつぜん、雨がザーッとふりだしました。ジュディとスティンクはリュックを頭の上に持《も》ちあげて、雨やどりできる場所《ばしょ》へ走りました。

「うわー、バケツをひっくりかえしたみたい」

ジュディはうんざりしました。

「わーい、カエルもひっくりかえりそう」スティンクはにっこりしました。

「これこそ、すっぱいものだよ」

「ってことは、あまいジュースがつくれるね」

雨はふりつづけました。休み時間になると、

ジュディは体育館《たいいくかん》で、ペンキの色見本を友だちみんなにみせました。おもしろい名前のいろんな色が、ずらっとカードになっています。

「ロッキーもみてよ」ジュディはいいました。

「宇宙人《うちゅうじん》の部屋《へや》なら、火星みたいな赤にすればいいじゃん」とロッキー。

「それか、月みたいな黄色」とフランク。

「ピンクの星もあるわよ」とジェシカ。

ジュディは、みんなの〈宇宙人《うちゅうじん》ネタ〉をききながして、色見本のカードをおうぎのように広げました。

「まじめにかんがえてよ。どの色もこのなかにないじゃない」

「火星色がだめなら、目玉焼《めだまや》き色か、トウモロコシ色だな」とロッキー。

「やっぱり黄色が好《す》きなんだ」

「わたしは、このスカイブルーがいいな」とエイミー。

「青もいいよね」

「ぼくは、草のしみ色がいいと思う」とフランク。

「いやだよ。あたしの部屋《へや》を草のしみの色にするなんて」

「わたしはローズピンクか、チェリーピンクか、サーモンピンク」とジェシカ。

「どれもピンクじゃない。ねえ、むらさきは？　スミレ色、グレープ色、ピーナッツバター・ジャム色、ソルトウォーター・タフィー色」

スティンクが、体育館《たいいくかん》のむこうにいた二年生のグループのなかから走ってきました。

「スティンクはどの色がいいと思う？」

「カエル色。アマガエルでもヒキガエルでもいいよ」

「カエルはもういいってば」

「わかったよ。じゃあ、モンスター・キャンディ色は？」

「そんな色、ないでしょ」

「じゃあ、雪色にする」

「雪色って、白じゃない。なんでもともと白い部屋《へや》を白にしなきゃいけないの？」

「じゃあ、レモネード色は？」

「おことわり。カエルのおしっこの色にみえるもん」

ジュディは、色見本のカードをつぎつぎめくって、とうとう気に入った色をいちばん上にしました。

「やっぱりこれにする。ピーナッツバター・ジャム色！」


金曜の夜は、ピザと映画《えいが》と決《き》まっています。外はまだ雨。ジュディは、ごきげんモードのまくらによりかかり、ピザを食べながら指《ゆび》あみをしました。トマト色の毛糸玉を五つ、せっせとくさりにあんで、『クリーブランドを食べたゴキブリ』という映画《えいが》を家族《かぞく》といっしょにみました。

「おもしろかったかい？」

お父さんがきくと、スティンクがこたえました。

「この映画《えいが》、『クリーブランドを食べた毛糸』にしたほうがいいよ。お姉ちゃんの毛糸がテレビにかかってるせいで、半分しかみえなかったから」

お母さんがあくびをすると、スティンクもあくびをしました。ジュディはあみものをつづけました。

「さあ、ふたりとも、ねる時間よ」とお母さん。

「あたし、まだねむくない。もうひと玉、あんでもいい？」

「そのあみもののことだが、このままじゃ、家が毛糸にのっとられてしまうよ。お父さんなんて、あちこちで毛糸にひっかかってばかりだ」

「マウスもかわいそうよ」

お母さんはかがんで、マウスにからまっていた毛糸をほどきはじめました。

「ほら、ふわふわのスカートをはいたバレリーナにでもなったみたい」

「ねえ、毛糸玉を食べたネコがどうなったか、知ってる？」とスティンク。

DHOP PIZZA
SHEEP SKATE

ジュディは、まゆをつりあげました。「毛玉になった？」

「ちがうよ。タマって名前になったんだ！」

スティンクは、ひとりでギャハハとわらいました。

お母さんが、もこもこしたピンクのくさりを持《も》ちあげて、じっとみつめました。

「ジュディ、これって……ルーおばあちゃんにつくってもらった、おどるネズミのセーターじゃないの？」

ジュディは腕《うで》をのばして、うそのあくびをしました。

「もうこんな時間。ねなくちゃ。おやすみ」

「あれ、ねむくないんじゃなかった？」とスティンク。

「よけいなお世話《せわ》」

ジュディは、毛糸のくさりをかきあつめて、二階《かい》へむかいました。

「ねむれないときは、いつでもおどるネズミをかぞえていいか

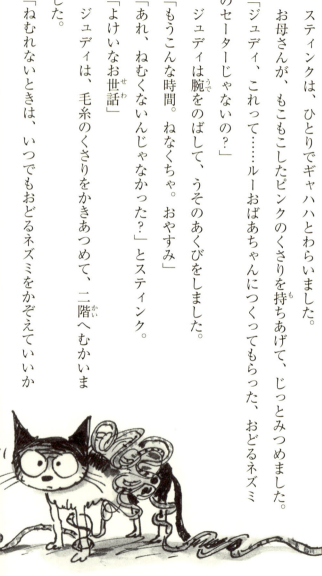

らね」

スティンクが、ジュディの背中《せなか》にむかっていいました。

ジュディは、ベッドに入ると、ふきげんモードのまくらに頭をのせて、ねむるまで雨音をかぞえました。

ペンキぬりたて

土曜日の朝、ジュディはまどから外をのぞきました。雨がやんでる！　ごきげんモード五日目は、いい日になりそうです。モードまくらも、にっこりわらいかけています。ジュディは、明るい黄色の毛糸玉を手にとって、せっせと指《ゆび》あみをはじめました。

お父さんは、ジュディの部屋《へや》にぬるペンキをとりにいきました。ジュディは、待《ま》っているあいだに五玉あみました。いい調子《ちょうし》！

お父さんが、やっともどってきました。

「ピーナッツバター・ジャム色は、のこってなかったよ」

ジュディは、むっとしそうでした。「うそだ！」「ひどい！」ということばが頭にうかびました。けれど、あと二日、ふきげんモードになるわけにはいきません。

ああ、たいへん！

ジュディは、深《ふか》く息《いき》をすって、おだやかにいいました。

「べつにいいよ。ピーナッツバター・ジャムが好《す》きなのなんて、赤ちゃんだけだし」

「えー、ぼく、好《す》きだけどな」スティンクがいいました。

ほらね、とジュディは心のなかで思いました。

「ほらね、っていわないの？」とスティンク。

「べつに」

「かわりにソルトウォーター・タフィー色を持《も》ってきたよ」とお父さん。

「ソルトウォーター・タフィー、いいね」

お父さんがふたをあけると、ジュディはペンキをかきまぜました。はやくローラーにつけて、かべをむらさきにしたくてたまりません。

スティンクは、ぱっと顔をあげました。

「ソルトウォーター・タフィー？　それって、海水キャラメルって意味《いみ》だよね。百年以上《いじょう》前に、海の近くでおかし屋《や》さんをやってた人のこと、知ってる？　ある日、大きなあらしが起《お》きて、お店が水びたしになって、おかしもぜんぶ海の水をかぶっちゃったんだって。それがきっかけで、新しいキャラメルができて、ソルトウォーター・タフィーってよばれるようになったらしいよ」

「へえ、知らなかった。うちのスカンク……じゃなくてスティンクは、まるで火山だね。おもしろいことをいつも口からふきだしてるから」

「なんでそんなにやさしいの？　お母さん！　お姉ちゃんが、またヘンになってる！」

「ふたりとも、そこまで。さあ、みんなでペンキパーティーをはじめよう」

「みんなって、スティンクも？」

ジュディはむっとしましたが、すぐに気をとりなおしました。

「えーと、スティンクも手伝《てつだ》ってくれるんだ。サンキュー。じゅんびが終《お》わるまで、どうやってペンキが発明《はつめい》されたか、おしえてくれない？」

じゅんびは、あっというまに終《お》わりました。お父さんがかべのふちにテープをはっているわきで、ジュディはローラーにペンキをつけて、かべにぬっていきました。

「むらさきだ！」

ジュディは、うれしくなりました。〈気分はサイコー！〉のむらさき、王さまと女王さまのむらさきです！

スティンクも、ローラーでペンキをぬりはじめました。

「ちょっと、ペンキをとばさないで。これに絵をかくつもり？」

ジュディは、着《き》ているＴ《ティー》シャツをひっぱってみせました。

「だから古いＴ《ティー》シャツを着《き》せて、床《ゆか》にダンボールをしいたんだよ」とお父さん。

「ヘッダ・ハヤク・ヨクナッテの人形には、ぜったいペンキをつけないでよ。ナンシー・ドルーの本にも、毛糸にも――」

「みて、マウスの耳。かたっぽだけ、むらさき色になってる」とスティンク。

「アハ、ニャンてこと！　気をつけないと、もうかたっぽの耳も、ひげも、しっぽも、むらさきになっちゃうよ。マウス、あっちいってて。しっしっ」

ジュディは、マウスを部屋《へや》からだしました。

「またあとでニャー」

スティンクも、ふざけてマウスにいいました。

ペンキぬりは、すぐに終《お》わりました。天井《てんじょう》とのさかい目は、お父さんがはしごにのぼって、しあげてくれました。

「むらさきの城《しろ》は気に入ったかい？」お父さんがききました。

ジュディは、うしろにさがって、できばえをほれぼれとながめました。

「ワオ」

「さて、かわくのを待《ま》つとするか。二度《にど》ぬりしたほうがいいかもしれないな」

「え、同じことをまたやらなきゃいけないの？」

やばっ。いやそうないいかたをしちゃった。

「えっと、同じことをもう一回やればいいの？」

ジュディは、笑顔《えがお》でいいなおしました。

「まあ、待《ま》ってみよう。そのあいだ、お父さんはローラーとハケを洗《あら》ってくるよ」

ジュディは、指《ゆび》あみをすることにしました。スティンクは、あぐらをかいてジュディのとなりにすわると、正面《しょうめん》のかべをみて、左右をみて、上下をみました。

「ペンキがかわくのをみてるのって、つまんないや」とスティンク。

「そうでもないよ」と、ごきげんモードのジュディ。

スティンクは、もう一度《いちど》かべをみました。

「インドには、むらさき色のカエルがいるって、知ってた？　ドーナツガエルともいうらしいよ」

「へえ、知らなかった。じゃあ、むらさきは王さまと女王さまの色だって、知ってた？」

「うん、知ってた。じゃあ、『スタートレックⅥ《シックス》』のクリンゴン人の血《ち》はむらさきだって、知ってた？　『スター・ウォーズ』のメイス・ウィンドゥだけが、むらさきのライトセーバーを持《も》ってるジェダイだってことは？」

「ぜんぜん知らなかった。じゃあ、むらさきみたいに最後《さいご》に〈さき〉のつくことばが、ほかにも十こ以上《いじょう》あるって、知ってた？」

「知ってたよ！　アサキ、イサキ、ウサキ」

「じゃあ、そのことばをつかって、文章《ぶんしょう》をつくってごらん」

「ぼくは、アサキ星からきた、イサキです。好《す》きなものは、ウサキです」

「なにそれ。スティンクのほうが、よっぽど宇宙人《うちゅうじん》だね」

「ほかにむらさきで知ってることある？　ぼくはこうさん」

ジュディは、頭をぽりぽりかいて、スカイブルーの毛糸を指《ゆび》にかけたりもどしたりしました。

「むらさきをこわがることを、むらさき恐怖症《きょうふしょう》っていうんだよ」

「うそだ。つくったんでしょ」

「さあね」

スティンクは、じっとしていられませんでした。ペンキ用のハケをマイクがわりにして、おどりまわりながら、『ムラサキモンスター』という、むらさき色の宇宙人《うちゅうじん》の歌をうたいました。

ジュディも、ヘアブラシをマイクがわりにして、スティンクといっしょにおどりました。歌詞《かし》はうろおぼえだったので、てきとうに合わせました。

「ビービー、ブボッボ、ワラワラ、ワシントン！」

「そんな歌詞《かし》、ないよ」とスティンク。

「べつにいいじゃん。アハハ。ビービー、ブボッボ……」

ジュディがワラワラとつづけようとしたとき、スティンクの足が毛糸のくさりにひっかかりました。スティンクはうしろにたおれ、ペンキぬりたてのかべにドンッとぶつかりました。

毛糸のくさりの先っぽも、ペンキ入れのなかにポチャン。

「ごめん」

スティンクは、はっていって、毛糸のくさりをペンキ入れからだしました。

ドンッ!

「すぐにかわくよ、お姉ちゃん。ここだけソルトウォーター・タフィー色になるだろうけど」

ジュディは、目の前のむらさき色をみて、ペンキぬりたてのかべをみて、口をあんぐりあけました。

「スティンク！　きれいなかべに、あんたのおしりがついちゃったじゃない！」

「おしりのあとだよ」

ジュディは、ドアをバタンとしめたい気分でした。でも、自分にやくそくしています。ふきげんモード、禁止《きんし》！　だから、ドアどころか、ペンケースのふたをバタンとしめることさえできません。

お父さんとお母さんが、あわてて二階《かい》へやってきました。

「すごい音がしたけど、だいじょうぶ？」とお母さん。

「このかべ以《い》外《がい》はね」とジュディ。

「どうしたんだい？」

お父さんはききながら、かべについたふたつの大きな丸いあとをみました。

「スティンクが、かべにおしりをぶつけて、こうなったの。あと、毛糸のくさりにもペンキがついちゃった」

ジュディの目になみだがうかんできました。ごきげんモードでいることも、このときばかりはわすれてしまったようです。

「『ムラサキモンスター』をうたってたんだ。お姉ちゃんもいっしょに。そしたら、ぼくが毛糸にひっかかって、ころんじゃったんだよ」

「ジュディ、家じゅう毛糸だらけになっていること、注意《ちゅうい》したわよね？」

お母さんがいいました。

ジュディはうつむいて、なみだのむこうにある自分のくつをみつめました。

「いつかこんなことになると――」とお母さん。

「けど、わるいのはスティンクだよ。あたしはごきげんモードでいようとしただけなんだから。ほんとだよ」

「指《ゆび》あみをやめなさいとはいってないわ。家じゅう毛糸だらけにしないでっていってるの。毛糸のない部屋《へや》はないくらいなんだもの」

「うん、もう万里《ばんり》の長城《ちょうじょう》より長いくらいだもんね」

「スティンク、よけいなことはいわなくていい」とお父さん。

「ジュディ、いいかげんになさい」

「お母さんのいうとおりだぞ」

「けど……」ジュディの目からなみだがあふれました。

「さあ、かべは、ひと晩《ばん》かけてかわかすことにしよう。毛糸は、あしたからぜんぶクローゼットのなかだ」

「なんでお姉ちゃんが泣《な》いてるの？　おしりがむらさきになったのは、ぼくだよ」

スティンクは、おしりをふって、カエルとびをしてみせました。

「ほら、むらさきのドーナツガエル。ゲコゲコ！」

お父さんとお母さんは、ぷっとわらいました。ジュディも、ついわらってしまいました。

「かべのことは心配《しんぱい》しなくていい。二度《にど》ぬりすれば、きれいになるよ」

お父さんとお母さんがいなくなると、スティンクは自分の部屋《へや》にかけていって、ゾンビのあみぐるみを持《も》ってきました。ルーおばあちゃんがあんでくれたものです。

「はい。これの毛糸をほどいて、つかっていいよ。指《ゆび》あみしたら、気分がよくなるかもしれないでしょ」

「お気に入りのゾンビをくれるの？　ありがとう！」

ジュディは、ほどいた毛糸の先を親指《おやゆび》にかけて、さっそくあみはじめました。

「速《はや》っ！」

「指《ゆび》あみの天才だからね！」

「指《ゆび》あみオリンピックで優勝《ゆうしょう》できるね」

「そう思う？」

「もちろん。あみ棒《ぼう》の形をしたでっかい金色のトロフィーをもらって、めちゃくちゃ有名《ゆうめい》になって、シリアルの箱《はこ》とか、いろんなものに写真《しゃしん》がのると思うな。お父さんもお母さんもすごくよろこんで、ぼくたち、お金でできた家で幸《しあわ》せにくらすんだ。めでたし、めでたし」

「そっか。でも、スティンク、あたしがやってるのは指《ゆび》あみだよ。だからトロフィーは、あみ棒《ぼう》の形じゃなくて、指《ゆび》の形になるんじゃない？」

「かっこいい～」

ムラサキモンスター

その夜、ジュディは、マウスといっしょに一階《かい》のソファでねました。理由《りゆう》はこうです。

一．自分の部屋《へや》がくさかった（スカンク・スティンクのせいじゃなくて、ぬりたてのペンキのせいで）。

二．夜中に、スティンクのおしりのあとにうなされたくなかった。

三．スティンクのいびきがうるさくて、スティンクの部屋《へや》でねることができなかった。

つぎの朝、ジュディはねぼけたまま、よろよろと二階《かい》へあがりました。目の前にあった毛糸のくさりをぼうっとたどっていくと、トイレへいきつきました。トイレのドアはしまっています。ドアの下から毛糸のくさりがのびています。

ジュディはドアをノックしました。「ちょっと、スティンク！」

「なに？」スティンクが、すぐうしろからあらわれました。

ジュディはとびあがりました。

「え、そこにいたの？　じゃあ、こっちにいるのは？　スティンクがトイレに入ってるのかと思った」

「ぼくは、お姉ちゃんが入ってるのかと思った」

「じゃあ、だれが入ってるわけ？」

スティンクは肩《かた》をすくめました。

「お父さんもお母さんもまだ二階《かい》にきてないよ。あ、もしかしたら、あやしい指《ゆび》あみマニアがしのびこんで、世界一《せかいいち》長い毛糸のくさりをぬすもうとしたのかも」

「しらべてみよう」

ジュディは、そっとドアをあけました。毛糸のくさりは床《ゆか》をくねくねと進《すす》んで……トイレの水のなかにまでのびていました！

「うわっ！　トイレのなかに落《お》っこちてる」ジュディはさけびました。

「おえっ！」スティンクは鼻《はな》をつまみました。

ジュディは、スティンクの新しい歯《は》ブラシで毛糸をすくいあげ、スティンクにむかってぶらぶら

させました。

「トイレ毛糸星人だぞ〜」

「げっ、きたない！　あっちにやって。歯《は》ブラシもすててよ」

スティンクは、ひっしに毛糸をよけました。

ジュディは、ぬれた毛糸をさしだしたままスティンクを追《お》いかけ、自分の部屋《へや》までいきました。するとそこに、毛糸をえものにみたてて遊《あそ》んでいるマウスがいました。マウスは、毛糸にとびついたり、さわったり、かみついたりしています。

ジュディとスティンクは、毛糸だらけになっている部屋《へや》をみまわしました。毛糸は、クローゼットのとびらにたれさがり、本だなの上をのりこえ、ネコの形の時計をぐるっとまわり、つくえの上にたまっています。

ハエトリグサのジョーズにまで、毛糸がはさまっています。

「ジョーズ、はなして。それ、死《し》んだハエじゃないよ」

ジュディは、ジョーズからそっと毛糸をはずしました。

「あやしい指《ゆび》あみマニアは、ニャンとびっくり、マウスだったみたいね」

ジュディがいうと、スティンクはうなずきました。

「スティンク、この毛糸のくさりの先っぽを持《も》ってて」

「えーっ！　バイキンのついたとこを？　やだよ！」

「おねがいだから。きのう、ゆるしてあげたでしょ」

ジュディは、かべについているおしりのあとを指《ゆび》さしました。

「トイレのバイキンだらけのところをさわるなんて、ぜったいむり」

「じゃあ、反対《はんたい》がわの先っぽをさがすのを手伝《てつだ》って」

ジュディは、先に立って一階《かい》へおりました。マウスがふたりのあとを追《お》いかけました。

リビングが毛糸のクモの巣《す》のようになっています。ソファも毛糸の鳥の巣《す》のようです。ソファの前のテーブルは、まるでスパゲッティのお皿《さら》です。部屋《へや》じゅうを毛糸がぐるぐるとおおって、天井《てんじょう》の電気からもカラフルな毛糸のレースがたれさがっています。

「これぜんぶ、マウスがやったの？」とスティンク。

「ほかにだれがいる？　マウスがリビングで毛糸ゲリラをやったんだよ。ほら、スティンク、手伝《てつだ》って。毛糸をぜんぶひろって、あたしの部屋《へや》まで持《も》っていかなきゃ。お父さんとお母さんが起《お》きてくる前に」

「むりだよ」

「どっちが早いかきょうそうすれば、楽しいゲームになるって」

ジュディとスティンクは、毛糸をひろいはじめました。毛糸はどんどんたまって、山のようになりました。

スティンクの足にも、頭にも、おなかにも毛糸がひっかかりました。口にもひっかかって、ひげのようになっています。

「うおー、毛糸ゾンビだぞー」

スティンクは、しわがれ声をだして、ゾンビのふりをしました。

「ミイラみたい」とジュディ。

「みて！　マウスもミイラになってる。ネコミイラだ！　古代《こだい》エジプトには、ネコミイラだけじゃなく、カバミイラもあったって、知ってた？」

「あとにして、物知《ものし》り星人」

ジュディは、スティンクミイラの足首から、なんとか毛糸をはずしました。

「きょうそうに勝《か》ちそうなのは、毛糸だね。毛糸の勝《か》ち、ぼくたちの負《ま》け」

そのとき、ジュディが、コートハンガーにひっかかっている毛糸のくさりの先っぽをみつけました。

「そうだ！　先っぽからぐるぐるまいてって、でっかい毛糸玉をつくろう」

「天才」

ジュディは、毛糸のくさりの先っぽをまいて、まずは小さな玉をつくりました。

玉はすぐにゴルフボールくらいになりました。スティンクは、からまっているところをつぎつぎほどいて、ジュディに毛糸のくさりをわたしていきました。

「早く、スティンク。もっと早く！」

毛糸玉は、あっというまにテニスボールくらい、そしてソフトボールくらいになりました。

「この玉、ぼくのとっておきのモンスター・キャンディよりおっきいよ」

お父さんとお母さんが起《お》きてくるころには、毛糸玉の大きさはサッカーボールからバスケットボール、ビーチボールくらいにまでなっていました。

「よくかんがえたわね」とお母さん。

「そのままがんばれ」とお父さん。

「どんどんいくよー！」とジュディ。

ジュディとスティンクは、毛糸のくさりをぐるぐるまきとりながら、キッチンに入り、階段《かいだん》をのぼり、ろうかを通って、二階《かい》のおふろ場に入りました。それか

ら、おふろ場をでて、ジュディの部屋《へや》にむかいました。

黄色、むらさき、青、赤、緑《みどり》、オレンジ。もこもこのくさりも、しましまのくさりも、大きな毛糸玉にまかれていきます。ジュディがあんだ毛糸のくさりが、どんどん巨大《きょだい》なボールになっていきます。

「もう十キロメートルくらいまいたと思うな」とスティンク。「ううん、二十キロメートル、ううん、五十キロメートル。重《おも》さもぼくの半分はあると思う」

「まあ！　指《ゆび》あみって、すごいわね」とお母さん。

「おお！　でっかい毛糸玉ができたもんだ」とお父さん。

「スティンク、あたしたち、糸口をみつけたみたいだね」

ジュディがいうと、みんなわらいました。

「もう星くらいでっかいよね。毛糸星人が住《す》む毛糸星！」とスティンク。

「毛糸星をあたしの部屋《へや》に入れよう」とジュディ。

ふたりは、うしろにさがって、巨大《きょだい》な毛糸玉をほれぼれとながめました。むらさき色の巨大《きょだい》な毛糸玉のあちこちで、ピンクや緑《みどり》の毛糸がきらきら光っています。

「のばしたら、世界一《せかいいち》長い虹《にじ》みたいだろうな」

とジュディ。

「『モード家を食べたモコモコ』って感《かん》じ！」

とスティンク。

「これの名前、ムラサキモンスターにしよう」

「ムラサキモンスターコンテストで、ぜったい世界一《せかいいち》だよ。で、指《ゆび》あみオリンピックでも金メダル」

ジュディとスティンクは顔をみあわせると、ギターをひくまねをして、おどりはじめました。そしてまた、むらさき色の宇宙人《うちゅうじん》の歌、

『ムラサキモンスター』をうたいました。

ビービー、ブボッボ、ワラワラ、ワシントン！


その夜、ジュディは、ごきげんモードのまくらにひじをついて、毛糸玉のムラサキモンスターをまじまじとみつめました。

全体《ぜんたい》はむらさき色だけど、赤、オレンジ、黄色、緑《みどり》、青、あい色、むらさき、いろんな色が入ってる。

あたしがいろんな気分になるのとおんなじ。

ひらめいた！　ジュディはマーカーを手にとって、スティンクのおしりのあとを、ふたつのおもしろい顔にしました。ひとつはふきげんモードの顔、もうひとつはごきげんモードの顔です。

ジュディは、むずかしい顔をしてかんがえました。ごきげんモード六日目もなんとか切りぬけたよね。この六日間、ふきげんモードにならなくてすんでよかった。それもこれも、指《ゆび》あみのおかげ。楽しい気分にさせてくれる指《ゆび》あみって、やっぱりすごい。あしたは月曜日、ごきげんモード七日目。どうなるだろう？　ちゃんとやりとおせるかな？

そうだ！　ジュディはとつぜん、すばらしいアイディアを思いつきました。ごきげんモード七日目をおいわいするのにふさわしいアイディア、たいくつな月曜日をおもしろくできるアイディアを。

ほんとうのジュディ

階段《かいだん》をドスンドスン、リビングをゴロゴロ。ジュディは、えいえいっと力いっぱい巨大《きょだい》な毛糸玉をおして、なんとかげんかんをでました。

ムラサキモンスター、学校へ出発《しゅっぱつ》！

ついに、ごきげんモード七日目です。ジュディは、学校に着《つ》くのが待《ま》ちきれませんでした。うきうきわくわくしています。とてもいい気分です。髪《かみ》をむすぶのも、上下そろった服《ふく》を着《き》るのも、リップクリームをつけるのも、宿題《しゅくだい》を終《お》わらせるのも、すっかりわすれてしまったくらいです。

ジュディとスティンクは、毛糸玉をころがしながら道を歩き、木の根《ね》っこをのりこえ、なかよしの郵便屋《ゆうびんや》さんを追《お》いこしました。ところが、角を曲《ま》がると……毛糸玉がかってにころがりはじめました！

「わーっ、ムラサキモンスターがにげた！」

ジュディはさけんで、スティンクといっしょに追《お》いかけました。

「とまって、とまってー！」

毛糸玉は、ちょうど〈とまれ〉の標識《ひょうしき》にぶつかってとまりました。

「ふーっ。あぶなかった」

スクールバスのドアがあきました。よいしょ！　ジュディは毛糸玉をおして、どうにかバスのステップをあがりました。乗《の》っていたみんながおどろいて、うわっ、ひゃー、と声をあげましたが、ロッキーやフランクはみあたりません。

「そいつは、きみの友だちかい？」バスの運転手《うんてんしゅ》がききました。

「ムラサキモンスターです。うちのクラスにつれてって、トッド先生をびっくり

させようと思って」

「びっくりすること、まちがいなしだな」


ジュディは、学校に着《つ》くと、ムラサキモンスターをぐいっとなかにおしこみました。ゴロゴロゴロ！ 大きな毛糸玉がロビーをころがると、そこにいた小さな子たちがおどろいてとびのきました。ムラサキモンスターはろうかを走って、だれかの足もとでとまりました。伝説《でんせつ》のビッグフットの足ではありません。かちっとしたくつをはいた、おとなの足です。

校長先生！

「これはいったい！」

タキシード校長先生は、顔をあげてジュディをみました。

「まあ、ジュディ・モード。やっぱりあなたなのね。こんどはなあに？ 星の勉《べん》強《きょう》？　美術《びじゅつ》の作品《さくひん》？　新しいスポーツ？」

「トッド先生をびっくりさせようと思って。算数の授業《じゅぎょう》で！」

ジュディは校長先生に、指《ゆび》あみのことや、ごきげんモードのこと、算数でいろんなものをはかる授業《じゅぎょう》をしていることをぜんぶ話しました。

「でも、こんなに大きいんじゃ、ロッカーにもつくえにも入らないんじゃない？」

「あ、そうですね」

「こうしたら？　校長室までころがしていって、時間がくるまでそこにかくしておくの。算数は何時から？」

「一時四十五分です」

「わかったわ。じゃあ、それまで、わたしたちだけのひみつね」

「ワオ！　ありがとうございます」

ジュディは、ムラサキモンスターの歌をうたいながら、スキップして教室へむかいました。すると、ロッキーのロッカーの前に友だちみんなが集《あつ》まっているのがみえたので、いそいでそこへいきました。

「ねえ、みんな、なんで今日はバスに乗《の》ってなかったの?」

フランクは目をみひらきました。エイミーは一歩さがりました。ジェシカは、ちょうどみんなでつくっていた、ロッキーのロッカーのはり紙を指《ゆび》さしました。

「宇宙人《うちゅうじん》おことわり」

ロッキーが、紙に書いてある文字を読みあげました。

ジュディはふざけて、指《ゆび》でV《ヴィ》サインをつくりながらいいました。

「ワタシハ　ミカタデス」

みんなは、ジュディをまじまじとみただけでした。

「ちょっと、あたしは宇宙人《うちゅうじん》じゃないってば。たしかに緑《みどり》も好《す》きだし、星をながめることもあるし、『E《イー》.T《ティー》.』だってみるけど、あたしはあたしだよ。ほんとに!　うそじゃないからね!」

ジュディは、くるっとむきを変《か》えて教室へいきました。はずみで、えんぴつや消《け》しゴムやものさしがリュックからとびだしましたが、気にもしなければ、立ちどまってひろおうともしませんでした。

ジュディは午前中、ごきげんモード七日目がだいなしにならないようにがんばりました。早く算数の時間にならないかなと思いながら、時計をみました。あの針《はり》、反対《はんたい》がわに進《すす》んでない？　作文の授業《じゅぎょう》が終《お》わるまで、まだ九分もある。

やっと休み時間になると、スピーカーから声がしました。

「ジュディ・モードは、校長室までできてください。ジュディ・モードは、校長室まで」

校長室によばれる理由《りゆう》は、ふつうはひとつしかありません。校長先生にしかられる、です。けれど、今回のジュディには、しかられる理由《りゆう》はありません。

ジュディは今日、なんの問題《もんだい》も起《お》こしていませんでしたが、クラスのみんなにはそんなことはわかりません。みんなは、地球《ちきゅう》にやってきたばかりの宇宙人《うちゅうじん》でもみるような目で、ジュディをじろじろみました。

トッド先生がうなずいたので、ジュディは、なにもわるいことはしていないという顔で席《せき》を立ちました。校長室へいくと、タキシード校長先生が、スパイのようにこそこそとろうかのようすをうかがいました。

「だれもいないわ。じゅんびはいい？」

「オッケーです」

校長先生は、ムラサキモンスターを指《ゆび》さしました。

「さあ、算数の授業《じゅぎょう》にむけて、これを教室までころがしていきましょう！」

校長先生とジュディは、大きな毛糸玉をできるだけそっところがしていって、三年T《ティー》組の教室の前でとめました。そして、一、二の、三で、えいっとおしました。ドアから教室のなかに入ったムラサキモンスターは、いきおいよくころがって、トッド先生のつくえにドンッとぶつかりました。

「うわっ！」トッド先生はとびあがりました。

「やった！」ジュディはいいました

「いったいこれは？　世界一大《せかいいち》きなスーパーボールかい？」

トッド先生がきくと、タキシード校長先生がこたえました。

「ジュディが、算数の授業《じゅぎょう》を楽しくするために持《も》ってきたんですよ。トッド先生をおどろかせたいというので、授業《じゅぎょう》の時間までわたしがかくしておくことにしたんです」

トッド先生は、いかにも重《おも》そうにうんうんうなりながら、ジュディを手伝《てつだ》って、毛糸玉をつくえにのせました。

みんなは、うわー、ひえー、と声をあげました。

「星みたい！」とロッキー。

「モード星だ」とフランク。

ジュディは毛糸玉をくるっとまわしたり、少しころがしたりして、みんなに全《ぜん》体《たい》がよくみえるようにしました。毛糸のくさりでできた巨大《きょだい》な玉は、いろんな色にかがやいています。

「ジュディ、これがなんなのか、せつめいしてくれるかい？」とトッド先生。

「指《ゆび》あみであんだ、毛糸のくさりです」とジュディ。

「これぜんぶ、ジュディがあんだの？」とジェシカ。

「へえ！」

「ヘンなの！」

「びっくり！」

「すごい！」

「じつはこれ、さかさまの日がきっかけなんです。あの日、あたし、一日じゅう気分がよかったし、すごく楽しくて。トッド先生も校長先生もみんなも、楽しかったですよね？　なので、チャレンジしてみようって思ったんです。まるまる一週間、ごきげんモードでいられるか、やってみようって」

「それは、わたしたちにとってもむずかしいチャレンジだなあ」

トッド先生がいうと、校長先生もうなずきました。

「一週間やりきるためには、なにかごきげんになれるものがひつようだと思いました。じゃないと、いらいらしちゃいそうだったから。で、指《ゆび》あみをむちゅうでやったら、気分がよくなったので、これだって思ったんです」

「それはよかった」とトッド先生。

「わあ、よく指《ゆび》まであまなかったね」とフランク。

「あんずるより、あむがやすし、っていうでしょ！」とジュディ。

「あら、知らなかったわ」校長先生がわらいました。

「むらさきの毛糸が多いのは、あたしの好《す》きな色がむらさきだからです。なので、この毛糸玉をムラサキモンスターってよぶことにしました。でも、青も、緑《みどり》も、金色も、赤もまじってるんですよ。おっきなモード・リングみたいでしょ。いろんな色が、いろんな気分をあらわしてるみたい」

「たしかに、だれでもいろんな気分になるね。けど、先生としては、みんなにいつもいい気分でこのクラスにきてほしいなあ」

「どうしてこんなに大きくなったの?」とジェシカ。

「色を足していくうちに、どんどん長くなって、家じゅうが毛糸のくさりだらけになったの。そしたら、お父さんとお母さんに注意《ちゅうい》されて……。それで、毛糸をぐるぐるまいて、おっきなボールにしたんだ」

「なあ、みんな、この毛糸のくさり、どのくらいの長さだと思う?」

トッド先生がききました。

「チェサピーク湾《わん》の橋《はし》とトンネルくらい!」とハンター。

「それじゃあ、三十キロメートル近くあるよ」とロッキー。

「アメリカの東西の長さくらいじゃない?」とフランク。

「まさか。それだと、五千キロメートルくらいあることになるわ」とジェシカ。

「空にむかってのばしたら、月までとどくと思うな」とララ。

みんなは、あれこれいいあいました。

「おいおい、ちょっとふざけすぎじゃないか？」

トッド先生はそういうと、校長先生になにか耳打《みみう》ちしました。校長先生は、すぐにうなずきました。

「よし、みんな、今日の算数は外でやろう。ものさしとノートを持《も》って、校長先生についていくこと。学校の前でまた会おう」


三年T《ティー》組のみんなは、校長先生といっしょに学校の前の道で待《ま》っていました。

そこへ、トッド先生が車に乗《の》ってあらわれました。

「これからみんなで、でかけるのかな？」だれかがいいました。

「社会科見学？」

「まさか。この車にみんな入るわけないよ」とロッキー。

トッド先生が、車からさっとでてきました。

「どこにもでかけないよ。さあ、ジュディの毛糸のくさりをつかって、みんなで車の長さをはかろう」

すぐにみんなは、毛糸のくさりをほどいて、車にあててみたり、その長さをはかったり、ノートにメモしたりしました。

「トッド先生、この車に毛糸ゲリラをしてもいいですか?」とジュディ。

「なんだって?」とトッド先生。

「毛糸ゲリラ?」と校長先生。

「はい、ほんとにそういうのがあるんです。あみもので、木や、車や、旗《はた》のポールをくるむんですけど、すごくすてきな芸術《げいじゅつ》なんですよ!」

「なるほどねえ」と校長先生。

トッド先生は自分の車をみて、毛糸のくさりをみました。

「そうだ、このくさりを車にまきつけて、何周《なんしゅう》できるか、かぞえてみるのはどうだい？」

「わー、おもしろそう！」

みんなはよろこんで、毛糸のくさりを先生の車にどんどんまきつけました。一周《しゅう》、五周《しゅう》、十周《しゅう》、百周《しゅう》。そのあいだずっと『ムラサキモンスター』をうたいましたが、校長先生が歌詞《かし》をちゃんと知っていたので、ジュディはびっくりしました。

けっきょく、一五一・五周《しゅう》まいたところでくさりが終《お》わり、先生の車はカラフルな毛糸にすっぽりおおわれました。

三年T《ティー》組のみんなは、長さをはかるのがとくいになっていました。まずは一周《しゅう》の長さが一一メートルだということをたしかめ、つぎに一五一・五周《しゅう》をかけ算して、毛糸のくさり全体《ぜんたい》の長さが一六六六・五メートルだということをつきとめました。つまり、一キロメートル以上《いじょう》、一六六六五〇センチメートル、二六五一歩、二〇一五〇リックです。

ジュディは、自分の作品《さくひん》をうっとりみつめました。まるでジュディのいろんな

気分が、いろんな色を生みだしたかのようです。生き生きモードの緑《みどり》、バイバイ南極《なんきょく》モードの明るい黄色、落《お》ちつきモードの青、王さまモードのむらさき。

授業《じゅぎょう》が終《お》わるころには、ジュディの髪《かみ》はぼさぼさになっていました。もうジェシカと「いっしょ、いっしょ」にはみえません。毛糸ゲリラをされたみたいに、頭からつま先まで毛糸のくずだらけです。

けれど、一週間前よりも、ずっと自信《じしん》がついていました。算数にだけじゃなく、自分の気持《きも》ちにも。世界記録級《せかいきろくきゅう》のふきげんモードになりそうなときも、もうどうすればいいかわかっています。指《ゆび》あみをして、ふきげんモードをふっとばせばいいのです。

「これはまさしく芸術《げいじゅつ》ね」

校長先生が、毛糸にくるまれた車といっしょに、みんなの写真《しゃしん》をとりました。

「校長先生、クラス写真《しゃしん》のとりなおしはできませんか？　ついでにあたしの写真《しゃしん》も、ムラサキモンスターといっしょのにしたいんですけど」

「もちろん、いいわよ」

校長先生はジュディにウィンクしたあと、みんなにいいました。

「こんなにユニークな算数の授業《じゅぎょう》をみたのは、このバージニア・デア小学校の校長になってから、はじめてだわ」

「やったな、みんな。おたがいをたたえよう！」

みんなは、背中《せなか》をたたきあって、おたがいをほめました。

そのとき、エイミーのクラスが外にでてきました。みんな、毛糸がまかれた先生の車をみて、おおもりあがりです。

「一キロメートル以上《いじょう》も毛糸のくさりをあむなんて、ジュディくらいのもんだよ。サッカー場十五こぶんの長さがあるんだから」とロッキー。

「算数をこんなに楽しくできるのも、ジュディくらいだよね」とフランク。

「ほんと、ジュディだけよね」とエイミー。

ジェシカもうなずき、みんなはジュディにわーっと拍手《はくしゅ》を送《おく》りました。

ジュディは、道路《どうろ》の縁石《えんせき》にこしかけました。いままでどおり、いろんなモードになれる自分にもどれて、とてもいい気分です。友だちみんなが、ジュディのまわりに集《あつ》まってきました。

「宇宙人《うちゅうじん》だと思っちゃって、ごめん」とフランク。

「わたしは思ってなかったわよ」とジェシカ。

「うそばっかり」とフランクとエイミー。

「信《しん》じるのはまだ早いよ。このジュディが宇宙人《うちゅうじん》じゃないって、百パーセントいいきれる？」

ロッキーはそういうと、みんなとこそこそ話してから、ジュディにむきなおりました。

「ジュディ・モードが集《あつ》めてるものをひとついってって」

「カオガム」とジュディ。

「かんたんすぎよ。ジュディのたんじょう日は？」とエイミー。

「四月一日、エイプリルフール！」

「じゃあ、アメリカの大統領《だいとうりょう》は？」とフランク。

「それを知ってたら、あたしがジュディだってことになるの？」

「ジュディがいままでかんがえたことで、いちばんヘンなことは？」とロッキー。

「ムラサキモンスターをつくったこと？」

「よし、多数決《たすうけつ》だ。このジュディがほんものだと思う人？」とロッキー。

手が四つぜんぶ、さっとあがりました。

「ほんもののジュディは立ってください！」

ジュディは、ごきげんモードで立ちあがり、クラスのみんなとつくった作品《さくひん》の横《よこ》にいきました。とてもうれしくて、にっとわらった口が、何キロメートルも広がっていきそうです。

ジュディが今朝ろうかに落《お》としたものを、フランクがひとつひとつわたしてくれました。一メートルガムの箱《はこ》、エリザベス・ブラックウェルのものさし、モル

モットの形の消《け》しゴムが三つ、
プンスカくんえんぴつが一本。

「おかえり、ほんとのジュディ」

フランクはいいました。

ビービー、ブボッボ、ワラワラ、ワシントン！

訳者《やくしゃ》あとがき

「ガオ！」が口ぐせで、よく〈ふきげんモード〉になる。そんなジュディが、まるまる一週間、〈ごきげんモード〉でいることにちょうせん！

そもそものきっかけは、年に一度《いちど》の〈さかさまの日〉でした。ジュディは、さかさまの自分、つまり、いつもとは正反対《せいはんたい》の自分になることを思いつき、髪《かみ》や服《ふく》をきちんとしたり、おとなしく授業《じゅぎょう》を受《う》けたりします。それがうまくいって、トッド先生から〈よくできましたチケット〉までもらえたので、ごきげんモードを一週間つづけてみることにしました。

けれど、思ったよりずっとたいへん。おこりたくてもおこれないし、友だちや弟のスティンクには「いつもとちがうから宇宙人《うちゅうじん》だ」と決《き》めつけられるし、ストレス発散《はっさん》とばかりに楽しんでいた〈指《ゆび》あみ〉も、お父さんとお母さんから「いいかげんにしなさい」といわれるし……。

それでもじっとがまんし、がんばりつづけるジュディは、ほんとうに宇宙人《うちゅうじん》かと思うほど別人《べつじん》にみえます。つまらなくなったジュディにがっかりするロッキーたちの気持《きも》ちや、もとどおりのお姉ちゃんを返《かえ》せとせまるスティンクの気持《きも》ちもわかるというものです。けれど、そこまでがんばったからこそ、いろんなモードになれるいつもの自分がやっぱりいいなと、ジュディ自身《じしん》も思えたのではないでしょうか。

〈さかさまの日〉は、英語《えいご》では〈Backwards Day《バックワーズデイ》〉といって、じっさいにアメリカの学校などでとりいれられています。服《ふく》をうしろ前に着《き》たり、ことばを反対《はんたい》にいったり、夜に食べるものを朝に食べたりと、さまざまな楽しみかたがあるようです。みなさんだったら、どんなことをしてみますか?

また、外にあるものを毛糸でかざる〈毛糸ゲリラ〉は、〈毛糸爆弾《ばくだん》〉ともよばれていて、英語《えいご》では〈Yarn Bomb《ヤーンボム》〉または〈Yarn Bombing《ヤーンボミング》〉といいます。インターネットの画像《がぞう》をみると、木やベンチや手すりばかりか、自転車《じてんしゃ》、車、バスまで毛糸におおわれていて、びっくりしてしまいます。おこられないのかなとちょっと心配《しんぱい》にもなりますが、カラフルでとてもすてきなので、よかったらみなさんも検索《けんさく》してみてください。

それにしても、さかさまの日があったり、算数の時間に毛糸ゲリラをやったりと、ジュディの学校はほんとうにおもしろいですね。トッド先生の〈長さ〉についての授業《じゅぎょう》も、とても楽しそうでした。本のなかでは〈インチ〉〈リック〉〈キュビット〉などがせつめいされていましたが、長さの単位《たんい》はほかにもたくさんあります。日本の〈寸《すん》〉や〈尺《しゃく》〉や〈里《り》〉もそのひとつです。どの単位《たんい》がどのくらいの長さなのかしらべたり、日本一の長さのものをあれこれさがしたり、本にはでてこなかった方法《ほうほう》で自分だけのものさしをつくったりするのも、きっとおもしろいと思いますよ。
みなさんの学校がジュディの学校に負《ま》けないくらい楽しいこと、そして、ジュディのようにいろんなモードになれる場所《ばしょ》であることをねがいます。

二〇一八年一月

宮坂宏美《みやさかひろみ》

メーガン・マクドナルド

Megan McDonald

アメリカ生まれ、カリフォルニア州在住。大学で児童文学を学んだ後、書店、図書館、学校などに勤務。現在は児童文学作家として活躍。これまでに絵本や読み物などを多数出版している。本シリーズ１作目『ジュディ・モードはごきげんななめ』が産経児童出版文化賞推薦となる。

ピーター・レイノルズ

Peter Reynolds

カナダ生まれ、マサチューセッツ州在住。小さい頃から物語やマンガをかいて育つ。イラストを担当した作品に『ちいさなあなたへ』（主婦の友社）、絵本に『てん』（あすなろ書房）、『こころのおと』（主婦の友社）、『ぼくはここにいる』（小峰書店）などがある。

宮坂宏美

みやさか ひろみ

弘前大学人文学部卒業。会社勤務の後、翻訳をはじめる。主な翻訳書に『ランプの精リトル・ジーニー』シリーズ（ポプラ社）、『ゆうれい作家はおおいそがし』シリーズ（ほるぷ出版）、『ノエル先生としあわせのクーポン』（講談社）などがある。宮城県出身、東京都在住。

ジュディ・モードとなかまたち★12

ジュディ★モードは宇宙人《うちゅうじん》？

2018年2月15日　第1刷発行
2020年5月30日　第2刷発行

作者　メーガン・マクドナルド
画家　ピーター・レイノルズ
訳者　宮坂宏美

発行者　小峰広一郎
発行所　株式会社小峰書店
〒162-0066　東京都新宿区市谷台町4-15
電話　03-3357-3521　FAX　03-3357-1027
https://www.komineshoten.co.jp/

装丁・描き文字　木下容美子
組版・印刷　株式会社三秀舎
製本　株式会社松岳社

ISBN978-4-338-20312-8　NDC933　182p　19cm